공자는 사랑꾼이었어

—논어를 통해 사랑을 배우다

공자는 사랑꾼이었어

발　행 | 2021년 04월 20일
저　자 | 최다율
표지디자인 | jeejee
펴낸이 | 한건희
펴낸곳 | 주식회사 부크크
출판사등록 | 2014.07.15.(제2014-16호)
주　소 | 서울특별시 금천구 가산디지털1로 119 SK트윈타워 A동 305호
전　화 | 1670-8316
이메일 | info@bookk.co.kr

ISBN | 979-11-372-4299-9

www.bookk.co.kr

공자는 사랑꾼이었어

최다울 지음

목차

<머리말>

이 책은 물음 하나에서 시작됐습니다.

'왜 요즘 청년들은 철학은 쓸모 없는 학문이라고 생각하지?'

이 물음은 또 다른 물음을 가져왔습니다. '철학이 우리 '시대. 특히 청년들에게 도움을 줄 수 있다면, 어떤 게 있을까?'

<논어>를 읽다가 사랑을 발견했다, 라고 하면 거짓말 같을까요.

거짓말이다. 무슨 논어에서 사랑을 찾냐. 그건 경전일 뿐이다. 요즘 시대에는 맞지 않아. 읽어서 뭐하게. 당장 제대로 된 직장이나 구해 남친이나 여친 사귀는 게 더 낫겠다. 책을 읽는다고 뭐가 나오니.

네. 누군가는 그렇게 말하겠죠. 적어도 주위에선 <논어>를 그렇게 생각하더군요.

제가 보기엔 아니었습니다. <논어>는 현대에도 크게 쓰일 수 있었죠.

이 책은 <논어>가 현대의 사랑에 어떠한 도움을 줄 수 있는지, 찾아보고 느꼈던 이야기를 풀고 있습니다. 지금보다 더 행복한 사랑. 더 따듯한 사랑을 위해. 이 책은 이 시대의 모든 사랑이 행복하기를 바라는 마음에서 집필됐습니다. 사랑이란 이름으로 짓밟히고 남루해진 사람을 보고 싶지 않아서요.

헌팅포차나 감성포차, 클럽에서 연인을 만나는 것을 그릇됐다고 주장할 수는 없습니다만. 그 안에서 눈물이 한바닥 쏟아진다는 것은 무시하기 어렵습니다. 왜일까요. 왜, 그런데서는 남자나 여자를 만나지 말라고 할까요. 공자는 말합니다. 마을이 인한지 물으라. 어떤 마을에 거주하고, 누구와 있는지에 따라 만나는 사람이 다르다. 그 말 아닐까요.

어찌 보면 이 책은 경전인 <논어>를 너무 가볍게 다루고 있다는 평을 받을지도 모르겠습니다. 그러니 알아주셨으면 합니다. '<논어>는 어려운 학문이다,' 라는 선입견을 부수고 고전과 조금이라도 친해졌으면 하는 마음에서 집필했다는 것을요.

이 책은 여러 커뮤니티를 '눈팅'하고, 참고한 자료들로 만들었습니다. 물론 각색을 했습니다만, 어디선가 본 이야기라고 해도 아는 이야기다, 본인 이야기다, 그리 생각하진 않았으면 좋겠습니다.

제가 남자라, 여자 입장을 생각하며 썼습니다. '남자친구'를 '여자친구' 바꾸고, '그'를 '그녀'로 바꿔 읽어 보시기를 부탁드립니다.

이 책에 나온 <논어> 인용문은 홍익출판사에서 출간된 <논어>의 번역문을 가져왔습니다. 더하여, <논어>의 몇 편 어느 구절인지는 밝히지 않았습니다. 시간이 된다면 직접 <논어>를 읽고 찾아보는 기회가 되기를 바라서요.

<1부>-사랑을 시작하는 너에게

<클럽, 헌팅포차, 랜덤채팅보다는>

한 커뮤니티에 올라온 이야기를 여기다 잠시 빌리겠다. 혹시나 작성자의 눈물까지 담아왔다면 여기서 미안하다는 말을 전하고 싶다.

그 여인은 '무조건 걸러야 하는 남자'를 주제로 이야기를 풀고 있었다.

"어떤 남자를 걸러야 하는지 알아? 일단, 만나는 장소가 중요해. 이건 정말 중요하니까 명심해두고 남자 만나라구. 일단 난 자만추를 선호해. 인만추는 별로. 그래서 클럽 무조건 사절. 헌팅포차 사절. 감성포차 사절. 데이트 앱 사절. 랜덤채팅도 사절. 그런 건 좋지 않더라. 그런 데서 남자 만나면 열에 아홉은 안 좋은 남자더라고. 뭐, 일반화는 아니지만, 개인적인 경험담은 그렇다는 것이지."

남자인 나도 그녀의 말이 가볍게 들리지 않았다. 아무렴. 연애를 많이 해본 여인의 경험담이라는데 어찌 소홀히 대할 수 있겠는가. 물론 굳이 그렇게 경험담을 바탕으로 생각하지 않아도 된다고 난 본다. 잠깐. 상상의 나라에 발을 디뎌보면 되니까.

#1 클럽에서 춤을 추며 여자를 만나고 있는 남자

여기는 클럽. 광열이 몰아친다. 분위기도 분위기지만, 여기 모인 이들의 마음속에서 막 쏟아지는 이 정열적인 마음들. 한 남자의 마음을 들여다보자. 우리는 상상의 나라에 들어왔고, 사람들의 마음도 충분히 짐작할 수 있으니, 마음 편히 읽어보자. 그 남자의 마음은. 흠. 지금 어떻게 하면 저기 50m 앞에 있는 저 여자를 가까이할지 고민하고 있다. 어떻게든 옆 테이블로 데려와 그 여자와 합석해 '돈독'한 친분을 쌓으려고 한다.

아, 한 남자가 보인다. 그는 일명 죽돌이라는데. 심심할 때면 클럽에 온단다. 심심할 때마다 찾아와서 물이 좋은지 본다고. 어라, 이 남자 한 여자에 꽂혔다. 그녀의 마음 지금 댄져. 위험상태다. 그녀 자신은 모르지만, 그녀 본인의 마음속에선 위기 본능이 활성화되고 있다. 마음속에서 그녀에게 얼른 도망가라고 아우성이지만, 그녀. 듣지 못한다. 그 남자는 능숙한 솜씨로 그녀의 마음을 휘어잡고 마는데. 아. 그에게는 여자친구가 있다. 한참 전화 소리가 시끄럽게 울려댔지만, 그는 아랑곳하지 않고 새로운 여자에게 다가갔던 것.

여기. 또 다른 남자가 있다. 물론 여자도 있다. 그 둘은 오늘 처음 만났다는데. 스킨십이 예사롭지 않다.

매우 익숙해 보이는데. 어디서 그런 스킨십을 배웠는지. 참 눈물겨운 일이다. 그러한 스킨십의 기술을 배우기까지 얼마나 많은 이성과 접촉했겠는가. 아. 아무튼, 여기 클럽의 분위기를 잠깐 보자. 지금 스킨십이 난무한다. 남녀칠세부동석. 예기의 이 말이 무색하게도 지금 모던보이와 모던걸이 머리를 뱅뱅 돌리며 춤을 추고 있다. 문제는 클럽이라는 공간은 남녀에게 이러한 스킨십을 자연스레 동반하게 만든다는 것인데. 여기서는 이게 '정상'이니 말이다.

아, 빼먹을 뻔했다. 어떤 이야기를 듣고 깜짝 놀랄 수밖에 없었다. 물론, 여기 쓰인 모든 이야기는 상상으로 짐작해 본 클럽이지만. 아무튼, 상상 속에서 만난 그녀는 놀라운 말을 했다. 그녀의 말에 따르면 그를 만난 건 A 클럽 한 테이블이었다. 그는 능숙하게 다가와 그녀의 마음을 휘어잡았고, 그녀는 다른 남자에게 했던 것처럼 능숙하게 거절했다고. 문제는. 그러다 잠이 들었다는 것. 이하, 생략.

#2 랜덤채팅에서 만난 그

이번에도 상상의 나라를 펼쳐보자. 상상의 나라에서는 본인 마음대로 상상할 수 있으니. 우리 다 같이 상상의 나라에 발을 디뎌보자.

여기는 랜덤채팅 속이다.

그녀는 어떻게 남자를 만나야 할지 고민이었다고 한다. 남자와 접점이 없어서 힘들었다고. 이렇게 솔로로 올해를 마무리할까 봐 '힘들'었다는 말이 공감되는 건 왜인지 모르겠지만, 아무튼. 그녀는 그러다 랜덤채팅에 가입하게 됐다고 한다. 많이들 이런 채팅앱에 가입해서 남자친구나 여자친구를 만나기에 그녀도 그리 위험한 환경은 아니라고 판단했던 것이다.

그렇게 그녀는 고르고 골라 괜찮은 남자를 찾았다. 10명 중에서 1명이 좋은 남자라는데, 1명을 어렵사리 찾은 것이다. 그 1명을 만나기까지 그녀가 겪은 시련을 한 번 '읽어' 보자.

그녀가 처음 연락을 주고받은 남자는 아무리 봐도 그녀를 사람으로 생각하지 않았던 것 같다고 했다. '읽씹'의 자연스러움과 '안읽씹'의 빈번함은 그녀로 하여금 매우 불쾌하게 만들었다고. 본인을 사람으로 생각한다면 이렇게 읽씹과 안읽씹을 했을 때 기분이 나쁘다는 것을 알 텐데, 상대는 아무렇지 않게 연락을 끊곤 해서 그녀는 그와 '절'연하게 됐다고 했다.

또 다른 남자. 그는 그녀와 대화가 잘 맞았다고 한다. 대화가 물 흐르듯이 자연스레 흘러갔다고. 그러다 보니 그녀도 어느새 마음을 열게 됐다고 그녀는 말했다. 친해지고 재미있으니 그를 만나보고 싶었고, 만났고, 그렇게 연인이 됐다고. 그렇게 연인이 생겨서 기뻤지만, 이내 그 기쁨은 눈물에 갈취당했다고 한다.

그는 그녀를 만난 뒤로도 랜덤채팅 앱을 지우지 않았고, 어느새 또 다른 여자를 만났다고 한다. 그녀는 그가 이 앱을 또 사용할까 걱정하고 있었는데, 역시 여자의 촉은 틀리지 않는다는 것을 그때 다시금 깨달았다고 한다.

그녀는 앞에서 밝힌 두 남자 외에도 7명의 남자를 '랜덤채팅'을 통해 만났지만, 여기다 다 적을 수는 없을 것 같다. 그녀가 억장이 무너졌던 순간들을 담담하게 기록하기란 쉽지 않으니.

나는 이들의 이야기를 '상상'하다가 <논어>의 한 구절이 떠올랐다.

-

공자께서는 자리가 바르지 않으면 앉지 않으셨다.

-

공자는 자리가 바르지 않으면 앉지 않았다고 한다. 이 말이 무슨 뜻인지 몰랐다. 그러던 중에 클럽과 랜덤채팅이라는 공간에서 있었던 아픔들을 보고 깨닫게 됐다. '자리'가 중요하다고. '공간'이 중요하다고. 어디에서 누구를 만나는지가 매우 중요하다고. 그 환경의 분위기가 실상 연애의 가치를 결정할 수도 있다고. 쓰레기만 찾는다고 하지만, 정작, 보석이 있는 곳에 안 가서 그런 것일 수도 있다고. 그러니, 좋은 사람을 만나려면 좋은 공간에 가도록 먼저 노력해야 한다고.

물론 클럽, 랜덤채팅 같은 공간에서 만나 연애를 잘하는 사람도 있다. 결혼까지 가는 사람도 많다. 하지만 이 순간에도 누군가는 클럽과 랜덤채팅으로 상처받고 고통스러워하고 있다는 것은 부정할 수 없다. 모두가 그렇지는 않지만, 적어도 누군가는 그렇다는 것. 그것만으로도 '자리가 바르지 않으면 앉지 않았다'는 공자의 행동이 본받아야 할 만한 것이 아닌지, 나는 주장해본다.

예전에는 나도 나이가 들기 전에 한 번이라도 클럽에 가보고 싶다는 생각을 했었다. 춤을 막 추는 이들로 가득한 그곳을. 스킨십이 오간다는 그 분위기가 내심 궁금하긴 했다. 아, 이리 보면 청춘이라는 시기는 참 사악한 듯 하다. 청춘이라는 이 두 글자 때문에 클럽이라는 곳도 '경험'삼아 가볼 만한 곳으로 합리화할 수 있기 때문이다. 그래서인지 사람들은 곧잘 말한다. 젊을 때는 여러 여자 만나보라고. 처음 보는 이와 짜릿한 유희도 느껴보라고. 가벼운 사랑도 해보라고. 젊을 때 아니면 언제 이렇게 놀겠냐면서.

다행히 공자의 말은 나의 불건전해지려는 마음에 쐐기를 박았다.

-

공자께서 말씀하셨다. "마을의 풍속이 인하다는 것은 아름다운 것이다. 인한 마을을 잘 골라서 거처하지 않는다면 어찌 지혜롭다 하겠는가?"

-

어떤 마을에 갈지는 본인 몫이다. 하지만 '끼리끼리'라는 말이 괜히 있는 게 아님을. 어디서 만나는지에 따라 대화하는 주제나 생각하는 방향이 다르다는 게 괜히 있는 말은 아님을. 우리는 충분히 알고 있다.

환경은 참으로 무서워서 한 사람의 영혼을 한 순간에 더럽힐 수도 있다. 젊을 때는 클럽에 한 번 가보는 것. 그게 뭐 얼마나 나 자신의 영혼을 더럽힐 수 있을까 싶지만, 우리는 한 번이 두 번이 되고 그것이 습관이 되고 하루가 되고 인생이 되는 것을 이따금 목도하게 되지 않던가. 좋은 대학에 들어간다는 것은, 단순히 취업을 잘하기 위함이 아니라, 좋은 환경에서 좋은 사람들과 어울리는 게 한 인간의 생애에 얼마나 지대한 영향을 끼치는지 잘 알고 있기 때문이 아니겠는가.

'인'한 마을을 잘 골라서 거처해야 한다. 사랑꾼이 많은 마을을 찾아서 거처해야 하고, 사람으로서 사랑받을 수 있는 마을을 찾아서 거처해야 한다.

<비혼이라더니! 딩크라더니!>

여기다 그녀의 눈물을 잠깐 담겠다. 부디 이 페이지가 그녀의 아픔에 바스러지지 않기를.

그녀는 그와 3년째 연애 중이다. 그녀가 그와 막 만나기 시작했을 때 그녀는 그에게 약속을 하나 받았다. 비혼 하겠다고. 결혼을 하지 않겠다고. 그녀에게는 결혼에 대한 안 좋은 시선이 있었던 탓이다. 결혼을 하고 나서 안 좋게 헤어지는 사례를 많이 보았고, 사회적으로도 본인의 경력 면에서 도움이 되지 않는다고 여겼기 때문이었다. 아무튼, 그는 그녀의 말에 동의했고 그렇게 둘은 행복한 시간을 이어갔다.

그렇게 그 둘 사이가 행복했다면 그녀가 한 커뮤니티에 아픔을 토로하는 글을 올리지는 않았을 것이다. 그녀의 말에 따르면, 그는 만난 지 3년이 지나고부터 은연중에 혼인을 바라는 태도를 보였다. 그녀는 그래서 많이 불편했지만, 연인이기에 무작정 피하기도 어려운 상황이었다고 한다. 그러다 보니 그녀는 그에 대한 배신감이 조금씩 들었다고 털어놓았다. 비혼 하기로 약속해놓고 이제 와서 혼인하자니.

여기, 또 다른 한 여인의 눈물을 담겠다. 이로 인해 이 페이지가 완전히 녹아내리지는 않기를 바란다.

또 다른 여인. 그녀는 그와 5년을 만나다가 이제

결혼을 한 지 1년이 됐다. 그녀는 그와 많은 부분이 어울렸고, 5년 동안 만나면서 행복했기 때문에 결혼을 결심했다. 결혼을 하기 전에 그녀는 그와 '딩크'를 하기로 합의했다. 여성으로서는 아이를 낳으면 손해를 보는 부분이 많았고, 본인의 경력 면에서도 도움이 되지 않으리라 판단됐기 때문이었다. 그도 이 부분에서는 동의했다. 결혼하기 전까지는 확실히.

그러나 결혼을 하고 1년이 지난 뒤부터 상황이 조금 달라졌다. 그녀의 부모님은 아무 말도 안 했지만, 그의 부모님은 그녀의 '생각'을 이해하지 못했다. 손주와 손녀를 보고 싶다고 스리슬쩍 이야기하면서, 그녀에게 부담을 지었다. 그녀는 이게 너무 불편했다고 말했다. 아이를 가지라고 직접적으로 말하지는 않았지만, 간접적으로 그렇게 권하는 게 여간 불편한 게 아니었단다. 문제는 남편인 그도 조금씩 생각이 바뀌게 됐다는 점이다. 사랑하면 아이를 낳아야 한다고 어느새 부턴가 이야기한다는데. 그런 데다 주위에서는 그녀가 어떤 문제가 있어서 아이를 못 가진다는 소문까지 돈다고 했다.

<논어>에는 나온다.

-

공자께서 말씀하셨다. "추구하는 도가 같지 않으면 함께 일을 꾀하지 않는다."

-

추구하는 '바'가 같지 않으면 만남을 이어지 않는 게 나을 수도 있다. 아무리 서로 사랑하고 있는 사이라 해도 결국 '지향점'이 다르기 때문에 언젠가는 갈림길을 만나 선택의 기로에 서지 않을 수 없기 때문이다. 앞에서 적은 한 여인의 이야기처럼, 비혼과 결혼의 차이는 무너질 수밖에 없는 관계였던 것이다.

누군가는 본인의 의중을 숨기고 상대에게 다가가기도 한다. 비혼이든, 딩크든. 본심은 숨긴 채 말이다. 상대가 지금은 의견이 달라도, 결국은 납득하고 행복해질 거란 논리에서 말이다. 사람의 마음이란 게 바뀐다나 뭐라나. 물론 이 주장을 증명하듯 '긍정적인' 사례도 있다. 처음에는 추구하는 '바'가 달랐지만, 결국 '일치'하여 한 길로 가게 됐다는 교훈적인 이야기는 찾아 보면 많다. 그러나 이러한 이야기만 참고 하고 결혼을 생각하기엔 너무 무모한 일이 아닐까. 인생에서 매우 중대한 일을 '낙관'에만 의지한다니 말이다. 연애만 한다고 해도, 그 '연애' 때문에 받는 스트레스는 어떻게 해결하는가 말이다.

누군가는 또 말했다. 처음에는 딩크를 할 생각이었지만, 나이가 들다보니 출산하기로 마음이 바뀌었다고. 그러니 본인은 잘못이 없다고. 그렇다면 상대의 동의를 구해야 마땅하지 않을까.

때로는 '사랑'이 모든 '아픔'을 다 씻어낼 수 있다

는 생각에 빠지곤 한다. '사랑'하니까 지금은 생각이 달라도 언젠가는 '이해' 될 거라는 믿음 말이다. 물론, 이 말도 일리가 있고 선례도 있다. 하지만 모든 사랑이 다 그렇다 볼 근거는 없다. 오히려 서로가 향하고 있는 각기 다른 '방향'에 '사랑'이라는 굴레를 씌어 놓고 "우리는 같은 길로 가고 있어" 그리 합리화하는 일인지도 모르는 것이다.

사랑을 행복을 위한 '도구'의 일종으로 볼 수 있다면, 행복에 도움이 되지 않는 도구는 과감히 내려놓을 필요가 있다. 본인은 물론 가족까지 곤욕을 치르는 경우가 생기기 전에 말이다. 사랑에는 여러 지혜가 필요하겠지만, 옳지 않은 사랑에 선을 그을 수 있는 지혜가 필요하다는 건 분명하다.

아... 지금도 많은 이들이 '길'이 다른 사랑을 이어가고 있다.

<차이를 인정하기. 행복한 사랑의 첫걸음>

다큐멘터리 영화 <소꿉놀이>를 보다가 발견했다. 결혼하면 나타나는 수많은 장벽을. 부부를 한시도 가만두지 않는 분란과 갈등을.

A- "왜 사과를 그렇게 대충 씻어? 좀 잘 씻어 먹어야지!"
B- "우리 집에선 원래 이렇게 물로만 대충 씻어서 먹었다구!"
A- "아니야. 그렇게 하면 농약이 다 안 씻겨. 제대로 씻어 먹어"

A- "왜 이렇게 수저를 아무 데나 넣어놨어?"
B- "설거지하고 대충 넣어놓는데?"
A- "아니야. 우리 집에서는 그릇마다 정해진 자리가 있어서 그 자리에 넣어놓아야 돼!"

기억나기론 이 정도 뿐이지만 이외에도 서로 다른 부분이 많았다. 집을 치우는 것부터 시작해서, 설거지를 하는 방법까지. 물론 아직 결혼을 하지 않은 나로서는 완전히 공감하기는 어려울 이야기다. 이것을 '실전'에서 부딪히는 것과 간접적으로 감상하는 건 극과 극일 테니까. 전쟁터에서 총탄을 맞는 것과, 시뮬레이

션으로 총탄에 맞는 건 극과 극이니까.

비단 결혼만 그럴까. 연애도 그렇다. 누군가를 만나면 그 사람과 다른 사고방식 때문에 힘이 많이 든다. 연락 문제부터 살펴보자. 연락을 잘 해주는 사람과 잘 해주지 않는 사람. 이 둘은 첨예하게 대립하지 않던가. 연락을 잘 해주기를 바라는 사람은 상대에게 "왜 너는 연락을 그렇게 안 해줘? 나를 좋아하지 않아?"라고 물어본다면. 상대는 "원래 연락을 잘 안 해. 그렇게 자라온 걸 어떻게 해?"라고 반문하니. 이로인해 일어나는 다툼은 과히 전쟁터를 방불케 하지 않던가.

그래서 <논어>에는 써있는 게 아닐까.

-

공자께서 말씀하셨다. "타고난 본성은 서로 비슷하지만, 습성에 따라 서로 멀어지게 된다."

-

이 말은 교육적으로도 의미 있는 말이지만, 사랑에 있어서도 매우 중요한 말이라고 본다.

타고날 때는 다 비슷비슷하다. 개인적으로, 인간은 태어날 때는 백지와 같아서 어떤 환경을 겪느냐에 따라서 생각이나 행동이 달라진다고 본다.

인간은 자라면서 '습성'이 생기게 된다. 어떤 사안

을 만났을 때 그것을 대하는 태도나 방식이 마음에 '습관화' 되는 것이다. 이를테면, 개구리가 있다고 해보자. 태어날 때부터 개구리를 싫어하는 사람은 드물다고 난 생각한다. 왜 개구리를 싫어하는 사람이 생길까. 커 가면서 개구리를 징그럽다고 하는 사람을 보고, 곤충은 징그럽다며 멀리하는 말을 들으면서 그렇게 '습성'이 생긴 것 아닐까. 이렇게 '좋고 나쁨' 즉, 어떤 것에 관한 판단이 생긴 것이다. 이것은 성향 문제라고만 치부할 수 없다고 본다. 결국, 남녀 간의 사랑이나 사람 간의 문제에도 지대한 영향을 끼치니까.

특히 사랑의 존속. 이는 이 '습성'에 달렸는지도 모른다. 사랑하는 사람끼리는 이 말을 꼭 기억해야 하리라. 서로 부딪히고 힘든 것도, 서로가 달라서 그런 게 아니라, 자라나면서 그렇게 '습성화' 된 거라고.

"우리의 타고난 본성은 비슷하니, 서로 이해하고 노력해보면 좋겠다"라고 말하면 좋지 않을까. 힘들다고 이혼한다면 이는 사랑을 너무 가볍게 생각하는 일 아닐까?

'어차피 생각이 다르니, 그냥 다른 사람 만나서 연애해야겠다'라고 생각한다고 해도 '잘못'된 가치관은 아니다. 하지만 그렇게 세상에 반은 이성이니 이 사람 아니어도 얼마든 만날 사람이 있다는 생각에 '집중'하다 보면 어느새 '노력'이나 '책임감'은 등한시되는 것 아닐까? 이러한 생각이 저변에 깔려 나날이 무책임한 사랑들이 늘어나는 것처럼 보이는 건 기분 탓일까?

사랑하는 사람끼리 서로의 '차이'를 인정하지 못한다면. 서로 '다른' 게 아니라, 살아온 '배경'이 다르다는 것을 인정하지 못한다면. 어떻게 제대로 된 사랑이 꽃필 수 있을까.

<오늘도 그 사람의 그럴싸한 말에 현혹된 너에게>

한 커뮤니티에서 그녀가 털어놓은 고민거리를 담아다 여기에 적는다.

그 커뮤니티는 서로가 말을 놓는 구조로 돼 있다.

"남자친구가 말이지. 맨날 전화 잘 받겠다고 해놓고. 어제 또 잠수탔지 뭐야. 뭐가 그리 바쁜지. 7시간이나 연락이 없었어. 얼마나 힘들었는지 모른다고. 걱정도 되고. 전에도 이것 때문에 힘들었거든. 그래서 그때 내가 헤어지자고 했는데, 그때 앞으로는 고치겠다고, 잘하겠다고 그렇게 매달려서 알겠다고 한 번 더 믿어보겠다고 했는데. 이후로 몇 달간은 괜찮다가 또 이렇게 잠수를 타네. 저번 주에는 12시간 만에 문자가 왔어. 잠을 잤다고. 아니, 아침 9시부터 오후 9시까지 잠을 자는 게 말이 되냐고. 대학생이."

그녀는 본인의 심정이 찢어질 듯이 아프다 했다. 그 때문에 너무 마음고생을 많이 한다는 것이었다. 그녀의 이 토로에 수많은 댓글이 달렸다.

"내 남친도 그러던데. 약속해놓고 또 어겨. 고친다 고친다고 해놓고. 또 똑같은 일로 나를 괴롭혀, 사람은 역시 안 바뀌나 봐. 고쳐 쓰는 게 아니라잖아"

"내 남친도, 그래. 연락 두절이 한두 번도 아니야. 나한테 연락 준다고 해놓고, 어떻게 15시간 만에 '뭐해?'라고 문자가 오냐고. 무슨 장난하는 것도 아니고. 기분이 얼마나 나쁘던지. 사람은 진짜 고쳐 쓰는 게 아닌가 봐. 안 고쳐져. 약속했는데."

"내 여친도 그러긴 해. 연락이 잘 안 될 때가 있어. 남사친이 많아서, 그 친구들하고 어울리는지 신경이 쓰이더라고. 그럴 때 마음 진짜 힘든데. 연락 기다리느라 마음 초조해지고. 일은 손에 안 잡히고. 내 여자친구도 고친다고 했는데. 내가 그렇게 힘들다고, 앞으로 고치지 않으면 만남을 이어가기 힘들 것 같다고 말했는데도. 또 이러네."

공자가 댓글을 단다면, 이렇게 달지 않을까.

-

공자께서는 말씀하셨다. "옛사람들은 말을 함부로 하지 않았는데, 이는 행동이 따르지 못할 것을 부끄러워했기 때문이다."

-

말을 함부로 하지 않아야 한다고 그는 말했다. 아,

많은 이들이여. 마음이 한쪽 불편하지 않는가. 얼마나 많은 데이트 약속을 했는가. 얼마나 많은 꽃다발을 약속했는가. 얼마나 많은 사랑을 약속했는가. 그러나 얼마나 많은 데이트 약속을 어겼는가. 얼마나 많은 꽃다발을 바치지 않았는가. 얼마나 많은 사랑을 어기고 말았는가.

한 철학자는 '사랑'한다는 말을 함부로 하지 말라고 했다. 이 단어는 아주 심오한 뜻을 지녔기 때문에, 쉽게 내뱉어서는 아니 되는 말이라고 말이다. 나는 나대로 이 '사랑'이라는 단어를 분석해봤다. 사랑한다. 이 말은, 세상에서 한 사람만을 사랑한다는 뜻을 함축하고 있다. 일부일처제인 사회에서, 커플이라고 해도 지켜야 할 규율인 것이다. 이 단어는 또한, '신뢰'를 담고 있다. 사랑은 신뢰가 없으면 이루어지지 않으니, 신뢰할 수 있는 사람이 되겠다는 말을 담고 있다. 이는 또한 '약속'을 담고 있다. 아무에게나 '사랑'한다는 말을 쓰지 않으니, 너는 특별한 존재이며 앞으로 그렇게 특별한 사람으로 대우해주겠다는 암묵적인 다짐을 담고 있다.

요즘 사람들을 보면 말을 너무 함부로 한다. 약속도 함부로 해서, 너무나 많은 약속을 쉽게 하고 쉽게 어긴다. 그것이 버릇처럼 개개인 곳곳에 머물러, 누군가의 아픔을 자아낸다. 이로 인해 실망하고 아파하는 사람들이 사방에서 울고 있다.

나는 여기서 근본적인 문제는, '부끄러움'을 모르는 일이라 본다. 내가 그 말을 못 지켰을 때 상대가 느낄 그 아픔을 모르는 것. 상대가 나의 약속을 기다리며 하루 이틀 고대했던 그 시간을 모르는 것. 그렇게 상대가 간절히 염원했던 '행복할 추억'을 묵살한 것. 그것이 얼마나 상대에게 안 좋은 일인지. 얼마나 마음 아픈 일인지, 그게 본인의 청춘에 얼마나 '부끄러운'일인지 모르는 탓이라고 본다. 이게 얼마나 부끄러운 일인지 안다면, 절대로 말을 함부로 하지 않고, 약속도 남발하지 않으리라.

말은 단순히 입에서 나오는 소리가 아니다. 말은 한 사람의 기대를 자아내는 촉발제이다. "얼굴 보러 갈게" 이 한 마디를 단순히 소리라 정의할 수는 없다는 말이다. 이는 상대가, 꽃단장하는 시간을 만들어낸다. 이는 상대가, 멋들어지게 꾸미는 시간을 만들어낸다. 이는 상대가, 손 떨리는 데이트를 기대할 시간을 만들어낸다.

<다가가지 못하고 고민만 하는 너에게>

나는 어떤 모임에 나가다 그녀를 처음 만났다. 그녀는 처음부터 예사롭지 않은 분위기를 지니고 있었다. 나는 떨려서 그녀에게 말 한마디 건네지 못했지만, 그런데도 그녀가 곧 미모의 이데아라는 것은 알 수 있었다. 그녀는 아무래도 나에게 사랑이 될 듯했다. 첫눈에 반한다는 말을 그제야 깨달을 수 있었으니, 그녀가 좀처럼 내 머리에서 떠나지를 않았던 것이다. 나는 골골골 앓으며 그녀에게 다가갈 방법만을 찾아보았다.

이것은 운명이었다. 내가 보기에 그것은 진정 운명, 그 자체였다. 경이롭게도 그녀도 나에게 관심이 있어 보였다. 이런저런 것들을 물어보고, 이따금 그녀를 보면 그녀가 나를 보고 있는 것이 보이며, 그녀가 내 옆에 앉으려는 노력도 했기 때문이다.

물론 그것만으로 그녀가 나에게 관심이 있다고 확신할 수는 없었다. 나란 놈은 착각의 동물인지라 그녀의 관심이 곧 호감의 증표라고 엉겨 겹게 생각할 수도 있었다. 하지만, 그녀의 부모님도 나에게 관심을 두고, 그녀의 오빠도 나에게 이런저런 이야기를 해주며, 그녀에게 어떻게 다가가면 좋을지, 언제 연락을 하면 좋을지에 대해 알려주었던 것을 비추어 보건대, 어느 정도 관심이 있었던 것은 맞는 것 같다.

그러나 나의 마음은 아직 여인에게 다가가는 방법을 깨닫지 못하고 있었다. 그러다 보니 고민만 숱하게 하고 있었다. 그녀에게 어떻게 다가가야 좋을지 몰라서 며칠 밤을 뜬눈으로 보내기도 했다. 나는 내가 그녀에게 용기 있게 다가가지 못한다고 미덥지 않은 나의 용기를 수차례 비난하기도 했다. 아무래도 그녀는 너무 위대한 사람이니 나는 조금만 멈춰야 한다고, 그녀에게 너무 조급하게 다가가면 오히려 놀란 마음에 멀어질 거라고, 생각하면서 연락을 주저하고 만남을 주저하고 더하여 모임에 참여하는 것까지 주저하면서까지.

그녀는 마음이 여린 사람이니 내가 조급하게 다가갔다가는 부담을 갖고 저 멀리 떠날 수 있으니, 이렇게 거리를 두고 있는 게 옳다고 보면서. 그녀가 먼저 마음의 준비가 돼야 한다고 굳게 '믿'으면서.

나는 너무 생각이 깊었다. 공자는 나란 놈의 답은 후회라는 사실을 명백히 입증했다.

-

계문자는 세 번 생각한 뒤에야 행동을 하였다. 공자께서 이 말을 들으시고 말씀하셨다. "두 번이면 된다."

-

공자는 두 번이면 된다고 했다. 계문자라는 사람은 생각을 너무 많이 해서 문제였나 보다. 나는 몰랐다. 생각을 많이 하고 진중하게 다가가면 된다고만 알았지, 생각을 너무 많이 해 그녀를 놓칠 수 있다는 생각은 하지 못했다. 어찌 보면 그녀가 내 첫사랑이었다. 첫 외사랑이라 부르는 게 옳겠지만, 어찌 됐든 태어나 처음으로 그 정도로 깊은 감정을 느꼈던 건 사실이었다. 하지만 나는 다가가지 못했고 몇 년째 후회만 하고 있다.

그리고 또 다른 여인을 만났다. 같은 공간에서 두어 달 얼굴을 마주했기 때문에, 나쁜 분은 아니라는 사실을 직감할 수 있었고, 나는 용기를 내어 쪽지를 남겼다. 이렇게 후회할 바에는 연락처라도 남겨보자는 소산이었다. 놀랍게도 그녀는 나에게 연락을 줬다. 그리고 연락을 이어갔다. 어찌 보면 생에 첫 '썸'이었다. 내가 다가가지 않고 고민만 했다면, 이렇게 따듯한 사람을 찾지는 못했으리라.

너무 생각이 많아 오히려 인연이 틀어지는 경우도 많았다. 조심스러워 그러리라. 너무 사랑하니까. 혹시나 멀어질까 봐 두려워 그러리라. 아니면 상처받을까 봐 두려워 그렇고. 하지만 생각이 많아질수록 행동에 미흡함이 생기는지도 모른다. 상대가 어떻게 반응할지 모른다는 생각이 오히려 본래 본인의 모습을 잊고, 상대에게 좋은 '사람'으로 연기하게 되는 것이다.

많은 이들이 생각만 하다가 인연을 놓친다. 인터넷 커뮤니티를 보면 나와 같은 이들이 숱하게 있었다. 상대가 어떻게 생각할지 모른다면서 연락하는 데에 생각하고. 상대가 본인을 좋아해 줄지 모른다면서 데이트하는 데에 생각하고. 때로는 그런 생각 때문에 잘 될 인연도 엉망이 되곤 한다.

사랑에 적당한 생각이 있었으면 좋겠다. 이런저런 생각 때문에 인연을 놓치지 않았으면 좋겠다.

<일찍부터 헤어짐을 두려워하는 너에게>

그는 여자친구와 헤어질까 봐 두렵다 한다. 연애를 못 하겠다고 한다. 이별을 언제 할지 모르니, 그때 받을 상처가 두려워 연애를 시작조차 안 하겠다는 것이었다. 같이 게임을 하고, 심심하면 운동을 하러 나가고, 연락하며 정서적인 소통을 한다는 건 그만큼 이별 뒤에 터질 괴로움 증폭제를 늘리는 일이니.

그녀도 비슷한 말을 했다. 연애하는 게 싫단다. 누구와 만나는 건 좋지만 결국 또 헤어질 테니 그 시간이 싫어서 연애하고 싶지 않다고 했다. 사람들은 왜 너처럼 좋은 여자가 연애를 안 하고 있냐며 이상하게 생각한다고 하지만, 그래도 그녀는 연애가 싫다고 한다. 물론 그녀 마음에는 다른 이유가 있을 수도 있다. 하지만 그녀가 말하는 표면적인 이유, 즉 이별의 상처가 싫어서 연애를 못 한다는 그 말은 앞에서 본 그와 같다는 데엔 이견을 붙이기 어렵다.

헤어짐. 연애하면서 대다수가 겪는 관문이니, 이 어찌 이상하다고 치부할 수 있겠는가. 누군가는 만남이 있으면 헤어짐이 있다고 하지만, 그 말이 과연 연애에 있어 자연스레 통용되겠는가. 아니다. 누구에게나 이별은 힘드니 그 지난 추억을 일과 운동으로 지워내려고 얼마나 애를 쓰는가. 지워지지 않아 붙잡으려고 하지만 그런다고 상대가 반드시 붙잡힌다는 보장도 없고. 분주하게 살면서 기억을 지워보려 애쓰지만 잔재하는 찌꺼기들이 지뢰처럼 남아 있지 않던가.

그래서인지 이렇게 이별이 두려워 연애를 못 한다는 사람이 꽤 많다. 커뮤니티 고민 게시글을 보면 이런 마음이 정상인지 아닌지 물어보는 사람이 정말 많다는 것을 알 수 있었다.

그렇다면 공자는 어떤 말을 해줄까. <논어>에 과연 이에 대한 해답이 나올까?

-

계로가 귀신 섬기는 일에 대하여 여쭙자, 공자께서 말씀하셨다. "사람도 제대로 섬기지 못하는데 어찌 귀신을 섬길 수 있겠느냐?"
"감히 죽음에 대하여 여쭙겠습니다."
공자께서 대답하셨다. "삶도 제대로 알지 못하는데 어찌 죽음을 알겠느냐?"

-

한 치 앞도 모르는데, 이별부터 생각하고 있다니. 공자가 보기에는 안타까웠을 것이다. 지금 내일 어떻게 될지도 모르는 마당에, 먼일을 걱정하며 지금의 기쁨을 등한시하다니.

괜한 걱정을 부풀려 오늘의 행복을 누리지 못하는 이들이 있다. 그러나 그러기에는 우리의 '청춘'이 너무나 사랑스럽다. 그저 지금 옆에 있는 이와 추억을 쌓는 그 시간을 즐기는 게 이롭지 않을까. 이 순간 그 사람에게 모든 사랑을 다 주는 것이다. 시간이 지나 지금을 떠올리면, 아쉽지 않다고, 원 없이 사랑했다고 회고할 수 있을 만큼.

이별할 날을 걱정하며, 추억을 쌓지 못하냐면 이 얼마나 소모적인 일인가. 어차피 '이별'한다면. 어차피 헤어질 거라면, 사랑하고 싶지 않다고? 아…. 나도 그랬다. 그 마음 잘 안다. 이 사람과 결혼할 일도 없는데, 이 사람에게 시간을 쏟아도 괜찮은지 의문을 가졌던 때가 있다. 그래서 사랑이란 건 부질없다고 여기기까지 했다. 사랑할 시간에 자기계발을 하면서 나 자신의 내일에 투자하는 게 더 이롭다고 보면서 말이다. 그러다 이런 생각이 들었다. 누군가와 함께 추억을 쌓는 것. 이건 배울 수도, 구매할 수도 없었다. 그 사람과 같이, 같은 시간을 공유한다는 건, 절대로 돈으로 대체할 수 없었다.

추억에는 실패와 성공이 없다. 그 사람과 행복했던 시간이. 단순히 문자나 연락만 주고받았다고 해도, 설령 그게 '외사랑'으로 끝났다고 해도, 그건 '실패'한 추억이 아니다. 서로 마음이 맞아 연애를 시작했다가 이별의 순서를 밟는다고 해도, 그건 '실패'한 추억이 아니다. 상대를 너무 좋아하지만, 내외적인 상황 때문에 이별할 수밖에 없었다 해도 이건 '실패'한 추억이 아니다. 추억은 자신의 기억 속에 남아 있으므로, '추억'인 것이다. 본인을 일구고 있는 일정량의 기억은 결국 상대와의 추억 덕분에 존재하는 것이다.

그래서 외사랑도 긍정한다. 한 달간 앓은 기억도 '성공'한 추억이다. 좋아하는 데 못 다가가서 전전긍긍하며 멀리서나마 응원했던 기억도 '성공'한 추억이다. 추억의 결과가 중요한 게 아니다. 어떠한 추억을 쌓았느냐가 중요하지.

'추억'이 훗날 분해될까 걱정하기보다는, 누구와 어떤 추억을 쌓을지 기대하는 게 현명하지 않을까?

<알고 보니 유부남이었어!>

이것은 실화다. 내 귀로 똑똑히 들은 이야기다. 이를 절대로 의심하지 말라.

그녀는 격분에 가득한 눈빛으로, 그에 관해 이야기했다. 그1. 그녀는 그1과 오손도손 데이트를 즐겼다고 한다. 함께 빵집에도 가고, 놀러도 가고. 놀이동산에서 찍은 사진은 그녀 자신에게 매우 애틋한 추억이 되게 됐다고. 그1은 너무나 자상했다고 한다. 마음씨도 고와 보여서 그녀는 그1과 결혼하려 했다고. 그녀는 그1이 사 주는 맛 난 음식도 먹고, 케이크도 먹고, 디저트 카페에 가서 이런저런 이야기를 나누며 행복한 시간을 보냈었다고.

알고 보니,
그1은 유부남이었다고 한다.

인터넷을 보면 이런 사례가 비일비재하다. '3년 사귀고 보니 유부남이었어요. ', '2년 사귀고 보니 이미 아내가 있었어요!' 누군가의 눈물이 뚝뚝 떨어져 이 문장 마디마디를 완성했으리니, 감히 누구도 그녀들의 고통을 헤아릴 수 없으리다. 세상은 각박하여 속이고 속이며, 본인이 가지고 있는 것에 만족하지 못하니, 아! 마키아벨리는, '로마사 논고'에서 인간은 만족을 모른다 했으니 많은 이들이 사랑하는 이를 져버리고 탐욕과 배반에 물들어 살아가는구나.

그녀는 이어서 그2에 대해 이야기했다. 모두 그녀 자신이 만나 본 사람이었다는 점에서, 그녀는 이야기를 시작했을 때처럼 여전히 분에 차 있는 목소리였다.. 그녀는 그2를 만나고, 그2와도 재미난 데이트를 많이 했다고 한다. 그2는 사람 좋은 게 보였는데, 얼마나 좋은지 크게 다투는 일도 없었다고. 그녀는 그런 그2를 너무 사랑했고, 그래서 그2가 군대에 가야 할 때, 그2를 위해 선물을 이만큼 사주었다고 한다. 그녀는 그2를 위해 '고무신'을 신기로 했고, 그2가 나올 때까지 지조를 지키겠다고 다짐했었는데.

그2가 입대하기 전. 전날을 같이 보냈고, 그렇게 그2를 기다리는 '고무신'이 됐던 찰나. 알게 됐다고 한다.

그2가 양다리를 걸치고 있었다는 것을. 그것도 미성년자와.

그녀의 이야기를 듣는 이들은 나뿐만이 아니었다. 여러 명이 그녀의 이야기를 아주, 귀 기울여 듣고 있었다. 모두 궁금해했다. 어떻게 그런 남자만 만났는지. 아무리 남자에 대해 모를 나이였다고 할지라도, 대학생이면 그래도 사람 보는 눈이 아예 없다고 할 수는 없는데, 어떻게 유부남과 양다리도 구분하지 못했었냐고. 물론, 그녀로서는 몹시 아픈 기억이고 본인

자신도 구분할 수 없을 만큼 사랑에 빠져있었을 테니 좌중의 물음은 그녀에게 지적처럼 들렸을지 모른다. 그녀도 알았을 것이다. 좌중의 마음도 너무 아팠다는 것을. 너무 힘이 들어 보이는 그녀에게 위로보다는, 그녀가 겪었던 세월을 같이 겪으며 되려 감정을 이입해 그리 물었던 거라고.

그녀의 대답은 실로, 공자의 말이 딱 어울렸다고 본다. 그녀의 말에 따르면 그1과 그2는 모두 '재미'있었단다. 말도 잘하고. 여자를 대하는 데에 능숙했다고 그녀는 회고했다. 그러다 보니 '재미'있어서 그런 남자를 만나게 됐다고. 만나면 재미있으니까.

<논어>에 나온다.

\-

"말을 교묘하게 하고 얼굴빛을 곱게 꾸미는 자를 멀리하라"

\-

생각해보면 이 말이 백 번이고 천 번이고 옳다. 수학 문제를 잘 풀려면, 수학 문제를 많이 접해봐야 한다. 자동차를 잘 운전하려면 자동차를 많이 몰아봐야 한다. 여자에게 잘 다가가려면, 여자에게 많이 다가가 봐야 한다. 많이 다가가 봤기에 그만큼 여자 마음을 잘 아는 것이다. 여자가 이렇게 말할 땐 어떻게 행동하고. 이렇게 말하면 어떻게 대처하고. 밥을 먹을 땐 어떤 음식이 좋으며. 어떤 말로 상대방의 마음을 꿸지. 여러 번의 실패로, 다듬어진 것이다. 여자의 마음을 읽고 다루는 기술이.

이리 생각하니 그1과 그2가 무섭다. 본인이 가진 '유머 감각'을 여자를 꾀는 데 쓰다니. 본인의 욕심을 위해 상대를 속이고 이용하다니. '사랑'이라는 이름 아래에 어느 누가 유죄이랴마는. 그들이 내보인 기술은 결코 사랑으로 덮을 수 없으니. 아…. 그들은 왜 그것을 한 여인을 행복하게 해주는 데에 사용하지 않고, 그녀의 눈물을 자아내는 데에 썼는가.

서툰 사람이 오히려 진심일 확률이 높다는 말이 옳았다. 알랭 드 보통의 <나는 왜 너를 사랑하는가?>를 보면 서툰 사람들이 오히려 진심일 확률이 높다고 했다. 적어도 '진정성' 면에서는 능숙한 사람보다 높을 수 있다고.

좋은 남자나 좋은 여자를 찾는 방법을 나는 하나 배웠다. 그 사람이 얼마나 말을 재밌게 하고 잘 노는지가 중요한 게 아니다. 진심이 느껴지는 사람. 한 마디 한 마디에 사려가 담긴 사람. 그런 사람을 찾아 연애해야 됐다. 연애에 있어 '재미'보다는 '안전'이 중요해진 사회 아닌가. 근래에 어떤 기사를 보니 이제는 연인을 만들 때 '젠더 감수성'부터 본다고도 하고.

공자의 말을 귀담아 들어야 된다. 너무나도 아리따울 때에 큰 충격을 받고 남자에 대한 원한에 휩싸이는 이들이 얼마나 많은지, 공자는 알았던 것이다. '사랑'은 널린 게 사랑이다, 라고 하지만, 그 한 번의 사랑이 일생일대의 변화를 가져오기도 한다. 그게 좋은 변화라면 당연 좋다. 나쁜 변화라면. 아주 악독한 우울감을 가져온다면. 과연 그것을 우리는 사랑이라는 이름 아래에 둘 수 있을까?

아, 잊을 뻔했다. 그녀는 자신의 이야기를 눈물로 마쳤다.

<오늘도 사랑에 실패한 그대에게>

한 남자가 고민을 털어놓았다. 그의 얼굴은 수심으로 가득 차 있었고, 목소리는 대지에 묻힌 듯 한없이 작았다.

"그녀가 너무 좋은데요. 그녀는 저를 좋아하지 않는 것 같습니다. 그녀는 일단 너무 아름답습니다. 그녀같이 아름다운 사람이 저 같은 못생긴 남자를 좋아할 리가 없죠. 그래서인지 어떻게 다가가야 할지 모르겠습니다. 주위를 그냥 맴돌기만 하고 있어요. 그녀에게 인사조차 제대로 못 하고요."

한 남자도 고민을 털어놓았다.

"그녀는 제가 불편한가 봅니다. 데이트를 나가자 해도 마음의 준비가 안 됐다고 하네요. 관심이 있는 것 같은데 저를 왜 그렇게 피할까요. 제가 싫은 걸까요? 아니면 저, 지금 어장에 든 걸까요?"

공자라면 어떤 조언을 해줄까?

-

공자께서 말씀하셨다. "지위가 없음을 걱정하지 말고 그 자리에 설 수 있는 능력을 갖추기를 걱정해야 하며, 자기를 알아주지 않는 것을 걱정하지 말고 남이 알아줄 만하게 되도록 노력해야 한다."

-

많은 이들이 '솔로'에서 탈출하고 싶다며 아우성이다. 하지만 대부분 본인에게 어떤 문제가 있는지는 고민하지 않는다. 인터넷에 '연애 고민'을 들어주는 분들이 얼마나 많던지. 그들은 너무나 많은 사연을 몇 개의 카테고리로 묶어 독자에게 설명하고 있었다. 대부분 비슷한 고민을 하고 있다는 게 신기했다.

'연알못1'은 상대에게 너무 급하게 다가가서 문제였다. 연애를 안 해본 그는 그녀가 너무 아름다운 나머지 친하지도 않은데 연락을 수시로 하고, 애정표현을 서슴지 않았으며, 만나자는 독촉을 끝도 없이 했다는 것이다. 그녀가 부담을 받으면 '게임 오버'라는 사실을 알 법도 했지만, 여러 번의 시행착오도 그에겐 소용이 없었던 것 같다. 그는 그렇게 또 한 여인을 놓치고, 본인은 연애를 못 할 인생이라며 자책하고 있었다.

연애고수는, 그녀가 부담받지 않게끔 다가가야 한

다고 조언했다. 먼저 그녀가 어떤 사람인지 알고. 무엇보다 함부로 고백하지 말고. 고백은 사랑의 확인이지 시작이 아니라고. 너무 많은 예비 사랑꾼들이 이러한 것을 놓치고 있다고.

또 한 명의 '예비 사랑꾼'도 본인의 문제점을 모르고 있었다. 그는 본인이 얼굴이 못생기고 돈이 없어서 여인들이 그냥 지나치는 거라고 했다. 그러나 그는 여인을 만날 때 너무 본인의 말만 집중적으로 하는 경향이 있었다. 그로 인해 상대방은 아무 얘기도 못 했다. 그는 그녀로서는 공감하기 힘든 군대 얘기나 명품 자동차, 또는 결혼도 하지 않았는데 과하게 진지한 얘기를 꺼내서 상대방 말문을 막히게 했던 것이다.

아, 공자의 말처럼 '왜 그 자리에 설 수 없는지'. 그것부터 고민해야 하지 않을까. 왜 사랑할 수 없는지. 지금 본인에게 무엇이 부족한지.

그리고, 앞에서 말한 남자여.

나도 안다. 그런 마음. 한때 너무 좋아했던 여성을 나도 보고만 있었다. 그녀 주위만을 맴돌며. 말 한마디 못 걸고. 그래…. 용기가 없었던 탓도 있었다. 내가 그녀를 좋아할 수 있는지, 그만한 자격이 있는지 의심을 했던 탓도 있었고. 나는 비겁하게도 그녀가 내 마음을 먼저 알아주기만을 바라고 있었다. 먼저 다가와 주기를. 먼저 좋아한다고 말해주기를. 그렇게 갈구하고 있었다.

이윽고 깨달았다. 문제는 나에게 있다는 것을.

지금이라도 본인을 보라. 본인에게 어떤 문제가 있는지. 무엇 때문에 연애가 힘든지. 찾았다면 고쳐라. 고치고 고쳐라. 다듬어지지 않은 보석은 한낱 돌덩이일 뿐이니.

<그녀에게 인사조차 못 했던 나에게,>

여기에 나는 아주 사적인 이야기를 쓰려고 한다. 누구에게도 털어놓지 못한 은밀하고 부끄러운 이야기다. 뭐, 위대할 수도 있다. 그리고 그다지 사적이지 않을 수도 있다. 누군가를 애호하는 마음이 사적이고 은밀하며 부끄럽다 볼 수는 없으니까.

추억의 나침판을 돌린다. 일전에 나는 한 여인에게 빠졌다. 그 여인은 나를 마치 퐁당퐁당 우물에 빠지게 하듯 그녀만을 종일 바라보게 했다. 나는 그녀를 한 모임에서 만났다. 첫 만남부터 분위기가 예사롭지 않았던 것으로 기억한다. 나는 그녀에게서 눈을 떼지 못했는데, 그녀도 나를 보고 웃는 게, 마치 텔레파시가 오가는 것 같았다. 그녀에게서는 고풍적인 분위기도 느껴졌는데, 얼핏 봐도 양반집 따님이었다. 아. 나는 어느새 그녀에게 내 전신을 헌신하게 됐다.

듣기로 그녀는 대학교에서 과탑을 지냈다고 한다. 친구들과도 매우 잘 어울려서 친구도 대단히 많았다고 한다. 이 모임 안에서만 봐도 사람들과 금방 친해져 허물없이 지내, 그 말이 거짓이 아님이 분명했다.

문제는 나였다. 그 여인에 비하면 나는 말이 없었다. 남들과 잘 어울리지도 않았고, 대학교에서 과탑도 지내지 못했다. 어떤 면으로 보나 '스펙' 면에서 나는 부족했다. 나란 놈은 감히 그녀에게 인사조차 해서는 안 되는 수준이었다. 그래서인지 나는 용기가 나지 않았다. 그녀에게 다가가도 좋은지. 그런 사람이 나를 좋아할지. 그녀는 결코 나와 이어질 수 없다고 넘겨짚었다. 그래서 포기했다. 그 여인과 친해지는 시간을 버렸다. 만남을 피하고 피하면서.

그러나 감정이란 건 마음대로 사라지는 게 아니었다. 마음대로 생긴 감정인데, 왜 마음대로 사라지는 게 아닌지.

공자의 말을 조금만 일찍 들었더라면, 나는 이렇게 후회하진 않을 것이다.

-

염구가 말하였다. "선생님의 도를 좋아하지 않는 것은 아니지만, 제 능력이 부족합니다."

공자께서 말씀하셨다. "능력이 부족한 자는 도중에 가서 그만두게 되는 것인데, 지금 너는 미리 선을 긋고 물러나 있구나."

-

나는 그녀에게 미리 선을 긋고 있었다. 애초에 이루어질 수 없는 사랑이라고. 나 혼자 한계를 두고 그 이상 넘어가지 않았다.

들어보니 이런 경우가 꽤 많았다. 상대가 나보다 너무 급이 뛰어난 이성이라 생각돼서 함부로 다가가지 못했다고 했다. 괜히 다가갔다가 상처를 받을까 봐 두려웠다고 했다. 그래서 나처럼 멀뚱멀뚱 바라만 보게 됐다는 것이었다. 누군가는 너무 괴로웠는지 이렇게 물었다. '짝사랑을 그만두는 법이 있나요?' 외사랑을 이제 포기하고 싶다고.

한 커플의 결혼 이야기가 기억난다. 그들은 서로를 너무나 사랑하지만, 결혼이 쉽지 않았다고 한다. 그녀의 부모님은 그를 사위로 맞이하는 것을 반대했는데, 여자 쪽 학벌이 너무 좋았기 때문이었다. 더하여 직장도 좋고, 부모님도 노후도 안정돼 있었다.

그녀의 말에 따르면, 그녀에 대한 그녀 부모님의 기대가 너무 컸다. 애지중지 키운 딸이기에 전문직 남자와 맺어주고 싶었는데 학벌도 변변치 않은 데다 직장도 성에 차지 않는 남자를 데려왔다고 부모님이 퇴짜를 놓았다는 것이다. 그녀는 부모님과의 마찰이 두려워 그 남자와 여러 번 헤어졌다. 그런데도 마음이 놓이지 않아서 계속 잡았다. 다른 남자들은 그 남자만큼 그녀와 마음이 맞지 않았기 때문이었다. 그는 그런 그녀를 보고 다 이해해줬는데, 그것도 그녀의 마음을 너무 아프게 했다. 그 정도로 본인을 사랑해주는 남자를 놓치고 싶지 않아서, 그녀는 상담을 받게 됐다. 상담을 통해서 그녀는 본인이 부모님과의 갈등 속에서 순응하려고만 했다는 것을 깨달았다. 그래서 그녀는 부모님에게, 그가 어떤 점에서 좋은지 솔직히 말하고 부모님이 가리키는 사람이 아니라 본인이 정한 그 남자와 결혼하고 싶다고 강력하게 피력했다. 그렇게 몇 주 정도 의견의 마찰이 있었지만 결국은 부모님도 그녀의 마음을 이해하고, 그를 사위로 맞아들였다. 이 상황에서 그와 그녀는 포기했을 수도 있었다. 부모님의 반대에 부딪혀 결혼을 못 하는 이들이 너무 많으니 이는 그리 이상한 일도 아니었다. 하지만 그 둘은 묵묵히 나아갔다. 그래서 그렇게 행복을 쟁취할 수 있었다.

이따금 난 생각한다. 나는 나 혼자 선을 긋고 물러나 있지는 않은지. 그러면 될 만한 사랑도 아니 되는 것이니. 용기를 내야 했다. 누군가를 사랑하는 건 나쁜 일이 아니고 그른 일이 아니고 이상한 일도 아니니. 마음이 있다는 건 '경이로운' 일이니. 용기를 내서 한 발자국이라도 더 내디뎌야 했다. 누군가 나와 같은 경험을 했다면, 또는 이런 경험을 하고 있다면 부디 용기를 내보라 간청하고 싶다. 상대에게 폐를 끼치지 않는 선에서 조심스럽게 다가가, 본인의 진심을 보여주었으면 좋겠다. 표현하지 않으면 모르는 거였다. 물러나 있으면 오히려 내 마음만 괴롭고 처절해지는 것이었다.

여기. 다른 커플이 있다. 이 둘은 누가 봐도 같은 '급'이 아니다. 사랑에도 급이 있다면 이들은 절대로 공존할 수 없는 사이였다. 그런데 커플이었다. 사랑이었다. 오래도록 이어진 '찐' 사랑이었다. 궁금했다. 어떻게 사랑하게 됐는지.

상대적으로 '급'이 낮은 사람이 말했다. 그냥 좋아서 표현했다고. 상대가 좋으니까 무작정 다가갔다고.

그리 보면 '급'은 없었다. 오로지 상대에 대한 내 마음의 거리낌만이 존재하는 것이었다. 상대에게 내가 어울리는지 아닌지 '거리'를 재보고 그 거리가 너무 멀다 싶으면 '거리낌'을 느끼고 다가가지 못하는 것이다.

방법은 하나였다. 내가 내 마음의 거리감. 그 거리낌을 넘어서 상대에게 악수를 청하면 됐다.

그녀에게 인사조차 못 했던 나에게, 나는 오늘 한바탕 눈물을 쏟아준다.

<배운 것을 익히는 것. 사랑의 제1원칙>

"남자에게 관심이 없습니다."

내가 왜 이 말을 들어야 하는가. 기분이 우울했다. 핫도그 가게에서 만난 그 한 여인에게. 그렇게 열심히 다가갔는데. 그녀가 출근하는 일요일 오후 12시마다 배가 고프지도 않아도 그렇게 꼬박꼬박 눈도장을 남겼는데. 핫도그가 물려도, 그렇게 꾸역꾸역 먹으며 집으로 걸어왔는데. 그녀의 얼굴만이라도 보려고. 50분을 걸어서. 왕복 100분을 걸어서. 그렇게 5주를 지나서, 내 마음을 표현할 길이 도저히 생기지 않아, 어쩔 수 없이 내 마음을 편지에 담아 핫도그 가게 우편함에 넣어놓고 왔었지. 봄기운이 완연히 빛나 거리를 따듯하게 비추고 있을 때, 그 편지는 아마도 그분 마음에 벚꽃을 피웠으리라. 그리 장담할 만큼 나의 솔직한 마음을 고스란히 담아 넣었는데.

나의 연락처는 손편지 맨 아래에서 환하게 그녀의 눈도장을 기다리고 있었을 터인데, 이틀이 지나도 연락이 오지 않았다. 그런데 3일이 됐을 때, 드디어 카톡이 왔다. 그녀였다. 아, 내 마음은 갑자기 자기 마음대로 두근거렸다. "편지 받고 답장이 예의인 것 같아서 연락을 드렸어요"라는데. 나도 무어라 답을 하려다 보니, 아! "남자에게 관심이 없어요. 죄송합니다"라는 것이 아닌가?

아, 앞에서 말하지 않았지만, 나는 그녀에게서 분명 나에 대한 호감을 읽었다. 나는 이런 부분에서 헛갈리지 않는 남자이고, 이 사람이 내게 호감이 있는지 없는지 충분히 읽어낼 수 있다. '왕자병'이 아니다. 열에 아홉이 아니라 서른에 스물아홉은 그랬으니까. 아, 그래서 내가 그 여인에게 연락처를 남긴 건 아니다. 그분의 마음이 보이고, 호감이 느껴지니 나도 어느새 관심이 가고 있었으니까.

아무튼, 그런데 무엇인가. 왜 남자에게 관심이 없는가! 문제는 그렇게 연락이 끊겼다가 5일 뒤에 갑자기 또 카톡이 왔다. 나는 어리둥절 했다. 이 여자 뭐지? 그리고 미안하다고 내가 챙겨줄 자신이 없다고, 나는 나의 낮아진 자존감을 그렇게 표명했다.

"저는 남자친구 만들 생각 없어요."

이 말을 또 들은 건 우연일까. 그 핫도그 가게의 일화가 있고 나서 1년 9개월이 지나 연락을 주고받기 시작한 여인에게서, 나는 또 이러한 대답을 받았다. 이상했다. 분명 호감이 있다는 것을 확인했는데. 분명히 내게 호감이 있는 게 느껴졌는데. 그게 다 가짜였다니. 그래서 나도 미안하다고. 이렇게 연락해서 정말 미안하다고, 그러면서 연락을 그만하겠다고 했다. 나는 상대가 아프지를 않길 바란다. 상대가 내 연락을 받기 싫다고 하면 나는 당연히 그만두어야 마땅하다고 본다. 상대에게 너무 관심이 있으면 그만큼 상대의 말을 들어주고 싶은 것 아니겠는가. 내가 너무 관심이 있어도 그 마음이 상대에게 불편하게 느껴진다면, 그만두어야 '정당'하다.

그런데 왜일까. 그 핫도그 집에서 들었던 말과 너무 비슷한 건 기우일까 싶었다. 그래서 '너튜브'에 찾아봤다. 내 마음을 보여줘, 하면서. 그리고 알았다. 저 말은, 내가 정말 본인을 좋아하는지, 떠보는 말일 확률이 높다고. 물론 보통 10명 중 7명. 즉 70%는 관심이 없어서 그런다고 하지만, 시험이 있거나 바빠서 시간을 못 내지 않는 한 관심이 있지만, 상대를 떠보려 '팅'길 수 있다는 것이다. 이건 여자의 언어라고 했다. 나는 이 여자의 언어라는 것을 도통 모르겠지만, 어찌 됐든 이 말을 듣고 용기가 났다.

그리고 알았다. 그렇게 연락을 주고받은 지 한 달이 됐고, 상대는 나를 편하게 대하기 시작했으니. 역시 마음이 전혀 없는 게 아니었다. 하루에 9시간씩 쪽지를 주고받으니, 이 분명 '그린라이트'가 아니겠는가.

핫도그 집에서 내가 느낀 경험을 깨닫지 못했다면. 나는 또 인연을 놓칠 뻔했다. 내가 또 잘못을 답습했다면, 상대는 또 내가 쉽게 본인을 대했다고 생각할 수도 있었다. 내가 지난 경험을 통해 배우지 못했다면 나는 여전히 솔로일 것이었다.

공자는 그래서 말하는 것이다.

-

공자께서 말씀하셨다. "인격을 수양하지 못하는 것, 배운 것을 익히지 못하는 것, 옳은 일을 듣고 실천하지 못하는 것, 잘못을 고치지 못하는 것, 이것이 나의 걱정거리이다."

-

이전의 연애에서 무엇을 배웠는지. 이전의 '썸'에서 무엇을 배웠는지. 곰곰이 생각해보는 게 어떨까. 무엇이 그 인연을 틀어지게 했는지. 무엇 때문에 그렇게 사랑이 힘들었는지. 무엇이 나의 감정을 그리 괴롭게 했는지. 그런 부분을 면밀히 살펴보는 게 어떨까. 소크라테스는 숙고하지 않은 삶은 살아갈 가치가 없다고 했으니, 바로 이럴 때 쓰는 말 아니겠는가. 숙고한다는 것. 과거를 되돌아본다는 것. 이는 과거에 함몰된 것이 아니라, 미래를 어떻게 잘 살아갈지 방안을 찾는 것이니.

많은 커플이 지난 인연에서 무엇이 문제였는지 살펴보지 않는다. 그래서 또 새로운 사람을 만나 이전에 겪었던 고통을 되풀이한다. 이전에 연락 문제로 힘들었던 여인은 새로운 남자에게서 그 모습을 찾고도 내버려 둔다. 그리고 또 후회한다. 연락 때문에 또 고통스러워한다. 이전에 남자친구의 여사친 문제로 괴로웠던 여인도 또 똑같은 남자친구를 사귀고 그 아픔을 되풀이한다. 남자도 이와 다르지 않다.

사랑은 행복하기 위해 한다. 사람들은 행복해지려고만 한다. 모든 행복에는 고통이 따른다는 사실은 외면한 채.

<감옥에 갔다 온 남자를 사위로 맞이할 수 있다니?>

한 여인의 이야기를 빌려보겠다.

한 여인은 서울대학교를 나왔다고 한다. 한국 사회에서 서울대학교를 나왔다는 것은, 이 대학을 나왔다는 말만으로도 칭찬을 받고, "공부 좀 했구나", "오오, 천재구나?"라는 말을 심심치 않게 들을 수 있다는 말이 된다. 영화 <검사외전>에서 주인공 강동원도 한 여인을 유혹할 때에 '명문대 과잠'을 입고 "저 이 대학 다녀요"라는 사실을 어필함으로써 계략에 성공하지 않았던가.

이는 평판의 영향이기도 하다. 이를테면 서울대 교수진 모임과, 집 앞 아주머니 모임 중에 어떤 모임이 더 '영향력'이 있겠는가. 열이면 열. 서울대 교수진 모임을 택하지 않을까. 서울대학교에서 강의하시는 분들이 모임을 연다면 아마도 사회 전반에 대한 논의나 작금의 현실에 대한 문제점을 논의할 법도 하니, 그 대화의 깊이가 어느 모임보다 높지 않을 수 없을 것이기 때문이다. 그러다 보니 사람 대부분은 어느 대학에 들어갈지를 10대에 정한다. 그런 집단에 있다는 것만으로도 좋은 '평판'을 얻을 수 있기 때문이다. 그 집단의 '급'이 본인의 급으로 환원될 수 있는 것이다.

이는 후광효과이기도 하다. 그 사람이 서울대에 나왔다고 하면 일단, 그 사람의 이미지가 좋아 보인다. 그 사람이 공부를 잘한다고 하면, 아 역시 서울대를 나와서 머리가 좋구나 싶고, 그 사람이 성실하다고 하면 아, 역시 그 사람이 서울대를 나와서 성실한가 보다고 쉬이 넘겨짚게 된다는 것이다. 이는 사실 인간의 기본 심리다.

아, 그 여인의 이야기로 돌아가 보자. 그 여인은 서울대를 나온 데다가 집안도 좋다. 부모님은 모두 의사다. 그런 그녀가 한 남자와 교제를 하게 됐다고 한다. 고졸이란다. 그 남자는 대학을 안 나오고 일만 열심히 하고 있단다.

나는 그녀의 이야기를 여기까지 들었을 때, 결국 헤어졌겠지 싶었다. 차이가 너무 많이 났다. 학벌이 문제가 아니라 학력이 차이가 났다. 고졸과 대졸. 그런 데다가 집안도 차이가 났다. 보통은 이렇게 한쪽이 과하게 부족하면 결혼이 성사될 수 없다고 보고, 나도 그리 봤다. 그녀의 집안에서 그녀에게 기대하고 있을 '기대치'가 있을 텐데. 아마도 그 정도는 과히 나 같은 서민은 짐작조차 못 할 수준일 텐데. 왜 그녀는 그와 결혼을 결심하게 된 것일까.

그녀가 보기에 그는 나쁜 사람이 아니었다. 그녀 자신을 열심히 유혹해 본인의 신분을 높이려는 의도도 없었다고 한다. 단지, 그는 그녀에게 너무 한결같았다고 한다. 고졸이었지만 독서를 많이 해, 되려 서울대생들보다 지식이 많다고 하고, 그 모습이 그의 성실함을 증명한다고 그녀는 말했다.

그리고 공자의 말을 들었을 때, 나는 사람을 다른 눈으로 보게 됐다.

-

공자께서 공야장에 대하여 말씀하시기를, "사위 삼을 만하다. 비록 감옥에 갇힌 적은 있었으나 그의 죄는 아니었다"라고 하시고 딸을 그에게 시집 보내셨다.

-

공자는 '평판'에 대한 맹목적인 믿음이 없었다. 더하여 후광효과에 본인의 감각을 내맡기지도 않았다. 공자는 그 남자 그 자체만을 보았다. '감옥'에 갇힌 적이 있다는 것은, 요즘 정서로 봐도 '평판'이나 '후광' 면에서 좋지 않은 부분인데도. 큰 잘못을 해서 그리됐다고 생각하기에 십상인데도. 공자는 그 남자 자체만 보고 그를 사위로 맞이했다.

아, 그녀가 그와 결심하게 된 가장 큰 이유를 빼먹을 뻔했다. 그녀는 그가 어떠한 상황에서도 가족을 굶길 리 없으리라 보았기 때문에 그와 결혼하기로 마음먹게 됐단다. 그에게선 실업해 당장 살림이 어려우면 바다에 나가 낚시라도 해서 가족을 먹여 살리겠다는 의지가 보였다는 것이다.

그 두 분은 10여 년째 알콩달콩 산다고 하셨다. 물론 처음에는 주위의 반발이 거세다 못해 가혹했지만, 그 남자를 보고 그 남자의 품격을 보고 생각이 달라져 있었다고 했다. 다들 이제는 좋은 남자를 찾아와 부럽다고 한단다.

요즘 사회는 갈수록 '급'을 따지는 추세다. 그러다 보니 진정한 사랑보다는 상대가 어떤 대학을 나오고 어떤 직업에 종사하며 연봉을 얼마나 받는지에, 결혼 여부가 갈리곤 한다. 심심치 않게 볼 수 있는 물음이 "남자친구는 학벌이 이렇고, 저는 이런대. 만나지 말아야겠죠?"라는 것이었다. 하루는 "서울대 여자, 경희대 남자. 학벌 차이 너무 심하죠?"라는 물음이 한 커뮤니티를 도배했던 적도 있었다.

하지만 그 사람 자체를 본다는 것. 대학의 급으로 그 사람의 '가치'를 '진심'을 평가하지 않는다는 것. 그게 얼마나 중요한지, 또 얼마나 이 시대에 필요한 일인지. 나는 공자의 말을 들으면서 생각하게 됐다.

<상대가 어떤 사람인지부터 봐야지!>

<1>

여기는 도서관. 여기 막 사랑이 싹트려 한다. 저기, 남녀가 보인다. 오호. 떨리는구나. 설레는 마음이 여기까지 들리네. 어허라. 부끄러워하는구나. 눈빛이 아주 묘하게 닮았어. 이것은 <트루먼 쇼>가 아니다. 그 둘의 사랑을 녹화하고 있지는 않으니 걱정하지 말라. 단지, 두 사람이 관심을 주고받다가 사랑으로 나아가는 모습을 지켜보고 싶을 뿐이다. 이제부터 이 남자를 그라고 부르고, 이 여자를 그녀라고 부르겠다.

그녀는 신여성이다. 용기백배. 그에게 대시한다. 여기서 그를 놓치면 기회는 없을 거 같다는 아쉬움이 그녀에게 용기라는 선물을 주었다. 그녀. 그의 자리에다 캔커피를 하나 둔다. '평소에 보고 있었는데, 너무 제 이상형이어서요. 여자친구 없으시면 연락 주실래요? 010-5212-1232'라고 적힌 쪽지와 함께.

그는 쪽지를 받고 담담했다. 그녀가 관심이 있는지는 일찍이 알고 있어서 놀라진 않았다. 단지 그는 마음이 여유롭지 못할 뿐이었다. 지금 공무원 준비생 위치에 있었고, 올해 공무원 시험은 꼭 합격해야 했기 때문이다. 더는 시험을 미룰 수는 없었다. 그도 그녀에게 관심이 없는 건 아니었다. 그래도 지금까지는 그냥 친해지고 싶은 정도의 호감이었는데. 이제는 단순한 호감은 아니라는 것을 알았으니 어찌해야 할지 모르겠다.

<2>

또 다른 그와 그녀의 이야기도 살펴보자. 그와 그녀는 러닝크루 모임에서 만났다. 첫날에는 서로 어떠한 시그널도 느끼지 못했다. 그저 그런 사이였다. 그러다 이틀, 사흘, 나흘 만나고 좀처럼 보이지 않았던 사랑의 1막 1장이 보였다. 그는 남자는 용기다, 남자가 먼저 연락하는 게 정상이다, 라는 마음 아래에서 그녀에게 개인 톡을 보냈다. 그는 답을 기다렸다. 10분. 20분. 1시간. 그만큼 기다렸는데도 답이 오지 않았다. 그는 낙담했다. 다 본인 착각이었다고. 본인이 괜히 좋아해서 선을 넘은 거라고, 단정했다.

그녀도 그를 좋아했는데. 그는 그것도 모르고. 사실 그녀는 남들과 연락을 잘 안 하는 타입이었다. 그래서 친구들끼리도 무슨 연락이 그리 안 되냐는 핀잔을 자주 받곤 했다. 그와 연락하기 싫은 게 아니라, 평소 연락 패턴이 그랬는데.

*이 두 이야기는 한 커뮤니티에서 들은 이야기를 통해, 재구성했다.

-

장님인 악사 면이 뵈러 왔을 때, 섬돌에 이르자, 공자께서는 "섬돌입니다"라고 말씀하셨고, 자리에 이르자, 공자께서는 "자리입니다"라고 말씀하셨으며, 모두 앉자, 공자께서는 그에게 "아무개는 여기에 있고 아무개는 여기에 있습니다"라고 일러 주셨다. 악사 면이 나가자 자장이 여쭈었다. "그렇게 하는 것이 장님 악사와 말씀하실 때의 도리입니까?" 공자께서 말씀하셨다. "그렇다. 그것이 본래 장님 악사를 도와주는 도리이다."

-

공자는 약사 면이 찾아왔을 때 나름의 행동을 취한다. 옆에 있는 제자들은 물어본다. 그게 그 사람을 대하는 자세냐고.

이 부분을 보면서, 사랑하는 사람이 갖춰야 할 자세도 찾을 수 있었다. 많은 사람이 상대가 처한 상황에는 맞출 생각을 하지 않는다. 상대가 취업준비생인 탓에 연락이 잘 안 돼 힘들면, 그건 본인을 사랑하지 않아서라고 생각하곤 슬퍼한다. 물론, 그 섭섭함. 충분히 이해할 수는 있다. 안 그래도 사랑이 뿅뿅 튀어나올 시기에, 무슨 단답형에 하루 두세 번의 연락뿐인가. 이는 사랑이 아니다. 이건 상대가 나를 좋아하지 않아서 그런 거다. 이리 생각해도 이상한 게 아니다. 직장인과 학생이 만나면 그렇게 많이 다툰다고 하지 않던가. 직장인은 직장생활하는 탓에 보통 연락이 쉽지 않은데, 학생으로서는 종일 연락이 안 되거나, 어쩌다 돼도 1시간 텀으로 대화가 이어지니, 사랑할 마음이 생기지 않는 것이다.

공자의 말은 이러한 문제로 괴로움을 겪고 있는 이들에게 생각할 거리를 던져 준다. 상대가 처한 상황. 지금 상대가 어떤 위치에 있는지. 이에 따라 상대를 대해야 한다는 것.

지금 당장 연락을 하고 싶어도, 상대방이 처한 상황을 생각하면 참고 기다려야 된다. 이는 인내가 필요하다. 당장 보고 싶고, 만나고 싶어도 참아야 한다. 신기한 점은 세상만사가 인내하다 보면 익숙해진다는 것이다. 언제 그랬냐는 듯이 그토록 본인을 괴롭히던 문제가 씻은 듯이 사라져 버리곤 하니까.

성숙한 연애는 이렇게 진행되지 않나 싶다. 나의 위치가 아니라 상대의 위치에서 생각하는 방법을 익혀나가는 것. 나의 행복'만'이 아니라 상대방의 행복'도' 생각하는 방법을 익혀나가는 것.

<젊을 때는 혈기를 조심하라!>

-

군자에게는 세 가지 경계해야 할 일이 있다. 젊을 때는 혈기가 안정되지 않으므로 정욕을 경계해야 한다.

-

<논어>의 이 말은 너무나 당연한 말이다. 공자 시대 사람이 아니어도, 공감하고 인정할 수 있는 말이다.

오래전부터 나는 청춘이라는 시기가 달갑게 보이지 않았다. 항상까지는 아니지만, 청춘이라는 시기가 빨리 끝났으면 하고 바랄 때가 있었다. 청춘. 마치 무엇이든 해낼 수 있다는 '근자감'을 가진 시기다. 사람들은 무엇이든 해보라고 하고, 가장 좋은 시기라고 하고, 무쇠도 씹어먹을 시기라고 하지만. 나는 그게 과연 당연하게 좋은 일인지 의문이 들었다.

청춘이니까. 오히려 혈기왕성하고 위험하다. 체력이 넘쳐나 불미스러운 일들에 연루되기에 십상이고, 순간의 오판으로 일생일대의 흑역사를 남기기도 한다. 혈기가 분노로 변하면 아주 위험하다. 분노에는 주인이 없어, 이성의 말도, 경찰의 말도, 어른의 말도 듣지 않는다. 한 번 고삐가 풀린 분노는 어느새 이 사람 저 사람에게 화를 끼치고 있다. 저녁에 홍대 거리만 가 봐도, 치고받고 다투는 청년이 얼마나 많던가. 홍대에서 근무하는 경찰관들이 밤만 되면 괴롭다는 이야기를 두어 번 들은 적이 있었는데, TV에서만 봐도 통제되지 않는 혈기는 얼마나 무서운지 느낄 수 있었다.

청춘이니까. 적당한 선에서의 놀이는 인정된다고 한다. '혈기'가 왕성할 때니까 괜찮다고. 물론 이건 본인의 자유다. 아무 이성이나 만나 광란의 저녁을 보낸다고 해도, 둘이 합의했다면 누구도 비난할 수도 제재할 수도 없다. 그러나 그 혈기가 순수한 사람들에게까지 미치어, 누군가는 이상한 약에 취해 눈물의 아침을 맞이하고. 누군가는 클럽 언저리에서 혈기의 제물이 되기도 한다. 그들의 눈물은 무엇으로 갚는가. 감히 무죄라 주장할 수 있을까. 청춘이라는 건, 그렇게 누군가의 눈물을 만들어내는 데에 '일조'한다고도 볼 수 있는 것이었다. '소년법'이 있듯이, '청년법'도 있는 것이었다.

<논어>의 이 말은 그래서 중요한 말이라고 본다. 남자에게든 여자에게든. 많은 청춘이 지금 폭주하는 기관차처럼 앞으로, 앞으로 달리고 있으니까. 그들에게 필요한 건 '숙고'다. 생각하지 않고 아무 데로나 달리다가 어디든 들이박고 사상자를 내지 않으려면, 젊을 때일수록 '숙고'하는 훈련을 해야 하지 않을까.

폭주하는 청춘을 저지할 수 있는 어떤 것이 필요하다. 책이 우선 떠오르지만, 누군가의 조언이나 강연도 괜찮을 듯하다. 어떤 방법이든 제대로 된 사랑. 괜찮은 사랑. 선을 지키는 사랑. 그러한 사랑에 대해 생각해볼 수 있는 기회가 필요하다.

철학이 쇠퇴해간다. 동양 철학도 누군가에겐 동양 사상으로 철학으로 인정받지 못하곤 하고, 애초에 서양 철학이든 동양 철학이든 공부한다고 하면 희망이 없는 학문이라는 말을 많이 듣는다. 그러니 이러한 인문책을 더 읽어야 하지 않을까. 지금 멈추지 못해 평생을 후회하는 사람이 얼마나 많은가. 한순간의 실수로 평생을 후회하는 이가 얼마나 많은가.

<마음이 급해서 또, 또! '썸붕'이잖아?>

여기, 연애 문제로 골골 앓는 사람들이 모였다. 그들은 연애 강사에게 하소연하고 있었다. 나이가 들어도 연애가 쉽지 않다면서. 나는 이렇게 연애 상담을 해주는 카페와 블로그에 '잠입'해 어떤 이야기를 주고받는지 살펴봤다.

연애 강사가 물었다.

'연애를 못 하는 사람들의 가장 큰 문제는 뭘까요?'

많은 사람이 얼굴 탓이라고 했다. 일단 연애는 얼굴이라고. 얼굴이 안되니까 연애가 어려운 것이 분명하다고 했다. 수강생2는 피지컬이라고 했다. 몸매가 좋지 않으니 연애하기 어렵다고 말이다. 운동해서 몸매를 가꾸는 게 좋을 것 같다고, 수강생2는 이어서 말했다.

강사의 답은 달랐다. '마음이 급해서 그렇습니다. 얼른 데이트하자고 하고. 시간 나는 대로 연락하고. 연락을 안 받잖아요? 그럼 연락을 하시면 안 됩니다. 상대가 부담받으면 그 순간 연애는 끝이에요.'

강사는, 상대는 마음의 준비도 안 됐는데 먼저 선 넘고 다가가면 안 된다고도 했다. 또한, 마음을 조급하게 먹으면 연애는 다 망친다고도 했다. 아무리 얼굴이 되고 몸매가 돼도 무작정 직진했다가 '퇴짜' 먹는 경우가 많다고. 상대방으로서는 당황스러워 뒷걸음치는데. 그것마저도 상대가 부끄러워 그런 거라고 착각하고는, 더 다가가는 사람이 많이 있다고. 그게 연애하는 데에 있어 얼마나 해로운 일인지 모르면서.

-

빨리 성과를 보려고 하지 말고, 작은 이익을 추구하지 말아라. 빨리 성과를 보려 하면 제대로 성과를 달성하지 못하고, 작은 이익을 추구하면 큰일이 이루어지지 않는다.

-

많은 사람이 사랑 문제로 고민한다. 좋아하는 여성과 이어지지 않아 괴롭다는 친구. 좋아하는 남성과 이어지지 못해 힘들다는 친구.

겨울이 다가올 즈음 되면 커플이 는다. 이상하게 급상승한다. 급상승 검색어가 사라진 지 얼마 안 돼 그런지, 급상승이라는 단어만 봐도 설레는구나. 그러나 커플 수가 '급상승'하는 건 좋게 보이지 않는다. 주위에서 이 친구 저 친구 다 짝이 생기니, 어디 질투가 남아나겠는가. 괜히 부럽다. 남(여)친 팔짱 끼고 다니는 애들 보면 심술이 나고, 확 떼어놓고 싶다.

그러다 보니 많은 이들이 이때만 되면 너도나도 연애하려고 애쓴다. 어떻게든 짝을 만들려고. 일단 아는 사람에게 연락해본다. 오랜만에 만나자. 뭐 하고 지내. 대시부터 하고 본다. 아니면 '번따'를 시도한다. 그 횟수가 눈에 띄게 늘어, 여성이란 여성은 다 주소록에 담을 정도다.

이를 무조건 나쁘다고 주장할 수는 없다. 다만 이렇게 연애를 급하게 하려고 하다 보면 제대로 된 사랑이 어렵다. 외로움에 사 묻힌 사랑이니까. 더하여 오히려 사랑이 이루어지지 않는다. 애써 용기 냈다고 해도, 낭패 보기가 쉽다. 오히려 연애가 어려워지는 꼴이 된다. 연애하고 싶다고, 급하게 마음먹어 그런 게 아닐까 싶다. 공자의 말처럼 빨리 성과만 보려고 해서 그런 게 아닐까. 얼른 연애하려고. 당장 팔짱을 끼고 다닐 사람을 찾고 싶다고.

사랑이란 공놀이 같다고 본다. 공놀이의 특성이 어떻던가. 내가 공을 던진다고 상대가 무조건 받아주는 게 아니다. 공을 막무가내로 던진다고 해서 공놀이가 성사되는 것도 아니다. 까딱 잘못하면 놀이가 아니라 폭력으로 변질될 수도 있다. 일단 상대가 공을 받아줄 의향이 있어야 한다. 의향이 있다는 확인을 했다고 해도, 무작정 공을 던져서는 안 된다. 적절한 힘으로 던져야 한다. 그렇지 않고 마음이 급하다고 확 던지면, 놀이가 아니라 장난이나 놀림이 되고 마니까.

놀고 싶은 생각이 너무 많다고, 공을 확 던지지는 말라. 무조건 놀아달라고 투정 부리진 말라. 그래서 빈번하게 퇴짜 받으니까.

<슬픔이 지나쳐 병이 되지 않기를>

-

자유가 말하였다.
"상을 당해서는 슬픔을 다하는 데서 그쳐야 한다"

-

<논어>에 나오는 이 말은 밑에 나오는 #1, 2, 3, 4 이야기에 처방해야 한다. 이 밑에 쓰인 이야기는 '실화'가 아니다. 절대로. 분명히. 네버.

#1 이별했다고 집까지 찾아간 그 남자

그 남자는 본인의 여자친구와 알콩달콩 시간을 보냈다. 둘은 저녁마다 남자의 집 앞에서 산책하기도 했는데, 그 시간이 그에게는 너무나 행복했다. 함께 놀이공원에 가는 것도 좋았다.

봄여름가을겨울. 시간은 어김없이 다시 봄으로 향했다. 또 봄여름가을겨울. 그렇게 두 번의 사계절이 지나고, 그들은 결혼을 언약했다.

그러나 세상만사가 어디 뜻대로 풀리던가. 그와 그녀도 헤어지고 말았다.

그는 이별 당한 상처가 너무 크다고, 그녀의 집까지 찾아가 난동을 부렸다.

#2 염산 테러를 저지른 그 사람

이 이야기가 실화인지는 곰곰이 '생각'해보도록. 분명 어디선가 뜨음하게 그대 기억 안에서 살아있을지 모르니.

이야기는 딱히 할 수 없다. 한 남자와 한 여자가 사귀었다가 헤어졌다. 너무 자연스러운 과정이었다. 그런데 한 쪽에서 한쪽에게 염산을 부었다. 너무나 사랑했는데 어떻게 그렇게 마음이 쉽게 변하냐고. 사랑한다는 이유로. 사랑했다는 이유로.

#3 남자가 싫어요. 여자가 싫어요. 혼자가 좋아요.

한 남자가 있다. 그는 3년 째 여자를 만나지 않고 있다고 한다. 허우대도 멀쩡한데 왜 연애를 안 하는지 주위에서는 아주 이상한 눈으로 쳐다본다고 한다. 가끔은 동성애자가 아니냐면서 놀리기도 한다는데.

한 여자가 있다. 그는 2년째 남자를 만나지 않고 있다고 한다. 그 여인은 얼핏 봐도 미인이다. 워낙 미모가 뛰어나서 지나가는 사람들의 이목을 쉽게 끌었는데, 연락처를 물어보는 남자가 많기도 했다.

위의 두 남녀는 모두 '이성' 공포증이 있었다. 첫 연애를 하고 큰 상처를 받았다고 하는데. 그 상처가 너무 깊어 이성을 만날 생각이 없다는 것이었다. 헤어질 때 뭔가 힘들었다고 하는데, 이로 인해 일상생활조차 제대로 영위하기 힘들다고. 그들에게 왜 이성공포증이 생겼는지는 모른다. 대체 첫 이별 때 어떤 상처를 입었는지도 모른다. 다만 분명한 점은, 그들은 이성에게 심한 공포감이 있다는 것. 그리고 그것이 그들 자신에게 분명 지대한 영향을 끼치고 있다는 것. 이것만은 확실했다.

그리고,

#4 집까지 찾아가서. 여자친구 아버지를….

집을 알려주지 말라고 한다. 연애한다고 해도 상대에게 개인정보는 밝히지 말라고 누군가 조언했다. 한 여자는 남자친구를 너무 사랑했고, 그를 믿었다. 자신의 아버지와 어머니 모두를 소개하고 사는 집을 알려줄 정도로.

그러다 그 둘은 헤어지고 말았다. 그는 이별의 아픔을 참다못해 여자친구의 아버지를 찾아갔다고 한다. 여자친구의 아버지는 그 남자에게 딸아이와 그만 만나 달라고 청했지만, 그 남자는 듣지 않았다. 언쟁하다가, 그만. 그만.

이상 이야기할 수가 없다. 뉴스에서 충분히 봤을 테니까.

여기서,

서문에서 언급한 말을 봐야 한다. 슬픔을 당하는 데에 있어서는. 적당히 해야 한다. 요즘 사회는 슬픔이 적당하지 않은 이들이 많다. 며칠 전에도 이별하고 나서 전 애인에게 화풀이했다는 기사를 보았다. 끔찍했다. 이별하고 나면. 거절당하고 나면. 누군들 아프지 않으리. 어느 누가 괴롭지 않으리. 그러나 상처가 병이 되는 일은 막아야 한다. 상처가 곪아 썩은 내가 나는 것은 막아야 한다. 그 악취가 주위 사람 모두를 잠식하는 것은 막아야 한다. 끔찍한 말로는 막아야 한다.

슬픔은, 슬픔에서 그쳐야 한다. 슬픔에 잠식돼 괴이한 마음을 먹어서는 아니 된다. 그 분노가 향하는 곳엔 사랑이 없으니. 분란이 터져 나오고 고통과 비명이 활개를 칠 터이니.

그대여. 이별하여 상처받은 그대여. 지금, 그대의 슬픔이 그대를 단단히 옭아맨다 해도, 참아라. 분노의 노리개가 되지는 말라. 그 고통에서 빠져나와라. 고통이 그대를 조롱거리로 만들지 않도록. 그대 자신의 이성을 단단히 붙잡아라.

시간은 그대에게 안녕을 줄 테니. 그대의 분노가 아무리 거세다 할지라도. 아무리 상처가 깊고 깊다 할지라도 분명히 이겨낼 수 있으리라 본다. 그 슬픔. 지금은 마음이 찢어질 것처럼 아려오는 그 슬픔도 그 아픔도. 분명 언젠가는 추억이 될지니. 훗날 떠올리게 되리라. 그때는 아름다웠다고.

<더치페이 문제로 고민한다고?>

한 커뮤니티에서 떠들썩하게 이야기하고 있었다. 이에 대한 댓글로 500개 넘게 달렸는데, 이 게시글을 다 인쇄할 수도 없었다.

'남녀 간에 더치페이해야 한다. vs 더 여유가 있는 쪽이 내야 한다.'

많은 네티즌이 이 문제를 갖고 이야기 나누고 있었다. 누군가는 말했다. "지금이 어떤 시댄데. 남녀가 당연히 동등하게 내야지. 여자는 받기만 하려고 하냐"고. 그는 여자와 반반씩 나눠 내야 한다고 했다. 그게 남녀평등 사회의 시작이라고 하면서. 안 그러면 남자만 손해 보는 건데. 그게 얼마나 나쁜 일인지 다른 네티즌들의 동의를 구하고 있었다.

다른 누군가는 말했다. "보통 남자 쪽이 경제적으로 윤택하잖아. 그러니 남자가 더 내야지". "아무리 시대가 달라졌다고 해도, 남자가 더 사가는 건 지금도 여전해". 이 말이 너무 편파적으로 들릴 수도 있다. 이 네티즌은 남자가 내야 한다는 근거를 또 냈다. "남자는 사랑하지 않으면 돈 안 쓰거든." 누군가에겐 안 좋게 들릴지라도, 충분히 참고할 만한 이야기라고 본다.

다만, 공자의 말을 보고, 생각이 깊어졌다.

-

공자께서 말씀하셨다. "나는 그래도 사관이 의심스러운 글을 빼놓는 것과 말을 가진 사람이 남에게 빌려주어 타게 하는 것을 보았었는데, 지금은 그런 일들이 없어졌구나!"

-

공자는 춘추 시대 사람이다. 지금으로부터 몇천 년 전이다. 누군가는 그때와 지금은 현저히 다를 거라고 짐작할 법도 하다. 하지만 <논어>를 읽다 보면 그때와 오늘날은 다른 점이 많지 않다는 것을 알 수 있다. 공자는, 사관이 의심스러운 글을 빼놓고, 말을 가진 사람이 남에게 빌려주어 타게 한다는 이야기를 통해, 우리에게 질문을 던진다. 지금, 알게 모르게 남을 도와주고 양보하는 사람이 없어진 것 같지 않냐고. 그냥 마음만으로, 이익을 바라지 않고 타인을 도와주는 사람이 준 것 같지 않냐고.

도와주는 데에 인색한 사회가 됐다고들 한다. 어떤 기사에서는 돈이 없어 밥을 제대로 못 먹는 노숙인을 위해 경찰관이 밥을 사줬다는 이야기를 보았다. 또한 청년이 어떤 노인에게 돈을 주었다는 이야기도 있었다. 이런 이야기가 미담이나 행복한 이야기로 소개

되는 게 나는 마냥 좋게 보이진 않았다. 이러한 이야기는 그만큼 세상이 각박하다는 이야기를 반증하는 게 아닐까 싶었다. 이렇게 남을 마음껏 돕는 사람이 없어졌다는 말처럼 보였다.

요즘 커플끼리도 돈 문제로 많이 다툰다고 한다. 누가 더 돈을 냈네. 그러면서 갑론을박을 하고 있었다. 사귀면서 돈을 많이 써서 손해 봤다는 말도 있었다. 상대가 본인을 사랑하는 마음이 줄어서 돈을 더 안 쓰는 것 같다는 말도 있었다. 이런저런 고민 글이 많이 올라오는 것을 보니, 아무래도 지금 경제 상황이 나빠져 더 그런 듯하다.

나는 더치페이, 남자니까 더 내기, 경제 상황이 편한 쪽이 더 내기. 그 어떠한 입장도 취하지 않으려 한다.

그런 고민 없이. 그냥 사랑한다는 이유만으로 서로 베풀고 전하는 사회이기만을 바란다. 내게 얼마나 이익이 되고, 이 상황에서 이래야 마땅하다, 이 정도는 베풀어야 마땅하다는 머리 굴림 안에서 이루어지는 것 말고, 말이다. 이렇게 '정도'를 정하고 베푸는 마음은 야박하게 느껴진다. 보이지 않는 선을 그어놓고, 여기까지 넘어왔으니 너는 이 정도 감수해. 그렇게 정한다는 것. 이게 '평등'하다는 뜻에서는 반론할 수 없지만, 일일이 다 잰다는 것이 너무 피곤해 보였다. 그냥 사랑하기만 해도 벅찰 텐데. 굳이 이 사람은 돈을 더 안 쓰네, 그런 고민을 하면서 사랑하면 누구보다 본인이 더 피곤할 것 같다.

한편으로는 돈이 사랑에 개입한 것 같다. 마이클 센델 교수의 <돈으로 살 수 없는 것들>이란 책을 보면, 돈을 주고 데이트를 해주는 사람도 많다고 했다. 돈이라는 게 이제는 인간의 영역인 감정까지 좌지우지하는 것 같다. 괜히 씁쓸한 마음을 금치 못한다.

나는 이 문제에 대한 답을 찾고 싶지는 않다. 답은 애초에 없다고 본다. 서로 다른 사람들 속에서 하나의 답을 찾는 건 있을 수 없으니까. 다만, 변하지 않아야 하는 점은 있다고 본다. 서로 사랑을 이어가는 것. 꾸준히 사랑하는 것. 그것만은 변하지 말아야 한다. 무엇이 해답인지는 모르지만, 사랑이 꾸준히 이어갈 수 있는 방법이면 좋겠다.

<모솔은 나쁜 거야?>

'스물다섯까지 모태솔로면 문제 있는 거 맞죠?'
'스물여덟까지 연애 못 했으면 어딘가 이상한 거죠?'
'전 여자친구랑 안 좋게 헤어졌대요. 뭔가 문제 있는 거겠죠?'
'나이가 스물다섯인데, 모아둔 돈이 300이 전부래요. 제대로 안 산 거겠죠?'
'그 남자가 엄마한테 전화를 자주 해요. 효자랑은 만나지 말라고 하던데. 헤어져야겠죠?'
'나이 차이가 여섯인데. 사귀는 거 오바?'
'나이 차이가 아홉이에요. 안 사귀는 게 낫겠죠?'

돈이나 나이, 연애 경험 여부 등을 기준으로 의견을 물어보는 이들이 많다. 그들은 이러한 문제를 갖고 심각하게 고민했다. 연애라는 건 신중해야 하니까. 아무나 만날 수 없으니까. 자칫 잘못하면 이상한 남자나 여자 만날 수 있으니까.

이에 달린 댓글을 여기에 담는다.

네티즌1은 남친이 모태솔로여도 상관없다고 했다. 남자가 스물여덟까지 모태솔로면 어떠냐고, 오히려 자기계발만 열심히 해서 그럴 수도 있다면서. 네티즌2는 나이 차이가 중요한 게 아니라고 했다. 나이 차이가 열 살이 나는데도 잘 사귄다고 말이다.

이에 대한 반발도 거셌다. 네티즌3은 '모태솔로는 다 문제가 있어서 그런 거'라고 하면서 '절대로 사귀지 말라'고 했다. 네티즌4는 '모태솔로를 사귀었다가 아주 크게 후회했다'라고 하면서, '절대 다시는 모태솔로를 사귀지 않을 거'라고, '그런 사람은 추천하지 않는다'라고 했다. 네티즌5는 나이 차이가 크게 나는 연애는 무조건 말린다고 했다. '다섯 살도 과분한데, 여섯 살, 아홉 살이라'니. 네티즌6은 여기에 대댓글을 달았다. '그런 사람과는 만나도 대화가 안 되고, 만나도 오래 못 간다.'고.

누구의 말이 맞는지는 모른다. 고민만 될 뿐이다. 아…. 공자의 말이 해답이 될 수도 있겠다.

-

공자께서 말씀하셨다. "많은 사람이 미워한다 해도 반드시 잘 살펴보아야 하며, 많은 사람이 좋아한다 해도 잘 살펴보아야 한다."

-

모태솔로라면 문제가 있는 것일까? 전에 만나던 여자랑 안 좋게 헤어졌으면 문제가 있는 것일까? 모아둔 돈이 적으면 문제가 있는 것일까?

공자는 말한다. '잘 살펴보아야' 된다고. 나는 살펴도 '잘 살피는 것'이 중요하다고 본다. 남들이 다 좋다고 해도, 남들이 다 안 좋다고 해도, 그 사람을 보는 건 오로지 자신의 몫이다. 다른 사람들이 내린 평가가 아니라, 본인이 바라보고 얻은 평가를 믿어야 했다. 모태솔로라고 해도 그만한 사연이 있는 사람이 많이 있다. 나이 차이가 난다고 해도 오히려 잘 지내서 또래 커플들보다도 훨씬 행복한 경우도 많이 있다. '무조건 안 좋다. 그런 사람은 피해야 한다.'는 말에 본인의 선택이 좌지우지돼서는 아니 된다.

판단의 주체는 본인이어야 한다. 네티즌이나, 친구들의 조언은 참고만 하면 좋다. 지금 그대가 좋아하는 그 사람은 그대 본인이 가장 잘 알리라. 그런데도 한 번도 본 적이 없는 사람 말을 듣고, 그대의 연인을 모함하고 의심하려 하는가. 오히려 그게 독이 돼 그 사람과 이어지지 못하고 영영 지나간 인연으로 남는 경우가 얼마나 허다한지 아는가.

더군다나 네티즌이나 친구들 생각에선 함부로 말할 수 있는 부분이다. 본인과는 직결되는 문제가 아니니까. 그대가 연애를 잇든 말든, 그들로서는 제삼자의 시각일 뿐이니까. 의견이야 얼마든 줄 수 있지만, 그 의견이 옳은지 그른지는 분간할 수 있어야 한다.

사랑을 위해서는 일단 사람을 보는 눈부터 키워야 한다. 그게 매우 중요했다. 좋은 남자나 여자를 찾는 건, 사람 중에 보석을 찾는다는 말과 다르지 않다고 본다. 어떤 사람이 좋은 사람인지를 볼 수 있는 눈을 먼저 갖춰야 한다.

더하여 다른 사람의 '눈'에 의존하지 않는 힘도.

네티즌7이 말했다.
"남의 의견 듣지 말고. 연애하는 데 가장 쓸모없는 질문이 뭔지 알아? 나이 차이가 이런데 괜찮나요, 연애 안 해봤다는데 괜찮나요. 그런 거야. 사람마다 다 다르거든. 케바케. 사바사 라는 거야. 사람마다 다른데 뭘 하러 물어보고 의견 들어? 그래서 연애 망치는 사람 많아."

〈2부〉-더 나은 사랑을 위하여

<그 사랑에 지조를!>

"로스쿨 학생이랑 사귀고 싶은데, 어떤가요?"
"의대생이랑 사귀려는데 어떤가요?"

이에 대한 답은 칼날 같았다.

"사귀지 마세요. 주위에 그런 친구 있으면 극구 말립니다."

당최 이해가 되지 않았다. 로스쿨 학생을 사귀는 게 무슨 잘못인가. 그렇게 사귀면 나중에 변호사한테 변호 못 받을 일이 생기나. 검사한테 안 좋게 보이나. 뭐, 이렇게 생각할 법도 하다. 그러나 답변을 단 그 사람의 이야기를 들으면 왜 로스쿨 학생이나 의대생이랑 사귀는 것을 말리는지 어느 정도 이해가 된다.

"로스쿨 학생이요? 3년은 내리 공부할걸요. 변호사 시험 준비하느라 얼마나 피를 말리는데요. 근데 문제는 뭔지 알아요? 변호사 될지 안 될지도 모르지만, 된다고 해도 그쪽이랑 안 어울릴 확률이 높다는 거죠. 일단 변호사가 되면 노는 물이 달라지니까요. 그러니 다른 이성을 만날 수밖에 없어지죠. 어울리는 사람들의 애인이 다 이름이 난 사람들이니까요. 그러니 그때 상처받기 전에 일찌감치 마음을 접으라는 겁니다. 괜히 3년, 5년 그 이상을 옆에서 한 올 같이 바라보다가는 큰코다치니까요. 의대생도 그렇고요. 의대생도 의사 되면 만나는 사람이 달라져요. 지금은 그쪽이랑 만나려 할지라도, 인간이라는 게 상황에 따라 마음도 변하기 쉬워서 금세 다른 사람 만날 수 있답니다."

과연 그 사람의 말이 옳은지는 모른다. 사람이라는 게, 딱 정해진 순서가 없으니, 인생이라는 게 불규칙한 파동에 의해 수시로 흔들리지 않던가. 하지만 그래도 전혀 얼토당토않은 말은 아닌 게 확실하다. 영화 <비긴 어게인>을 봐도 나오지 않던가. 주인공 중 가수로 늦게나마 성공한 남자는 이름을 날리며, 오랫동안 옆에서 지켜봐 준 여자를 뒤로하고 딴 여자에게 가지 않던가. 그래서 마크 팔러우는 "남자란 원래 이름을 날리게 되면 다른 여자에게 간다."라고 한 것이고.

사랑을 믿을 수 있을까. 우리는 '사랑'을 믿고 한 사람에게 온 정성을 내맡기지만, 누군가는 빈털터리가 된 애정을 붙잡고 애정전선의 끝자락에서 얼굴이라도 보고 싶다고 애원하지 않던가. 어쩌다 그런 사이가 됐는지. 해바라기처럼 그(녀) 앞에서만 미소 짓다가, 갑작스레 들어온 강렬한 빛에 그만 시들고 마는 건 왜일까.

공자의 말은 그래서 이해가 된다. 그러나 그렇다고 이해가 되진 않는다.

-

공자께서 말씀하셨다. "유하혜는 삼공의 작위를 얻고도 지조를 저버리지 않았다."

-

사마천의 <태사공서>를 보면 공자가 칭송하는 인물 중 한 분이 유하혜다. 그는 삼공의 작위에 올랐단다. 삼공이란 조선 시대로 보면 영의정 우의정 좌의정 격이라고 하는데, 그 정도 작위에 얻고도 '지조'를 져버리지 않았다는 것이다. 이는 작금의 현실에 대입해봐도 꽤 어려운 일일 수밖에 없다. 앞에서 보았던 그로스쿨 생과의 연애도, 지조를 버릴 수 있으므로 말리는 것이니까.

인간은 이렇게 전보다 더 갖게 되고, 더 높은 자리에 오르면 한순간 일전에 자신을 도와준 이들을 '망각'하게 되는 경향이 있다. '은혜'를 잊고 본인의 '명성'에 도취하는 것이다.

영화 <매드맥스 분노의 도로>에서 한 남자가 "나를 기억해줘!"라 말하는 게 기억난다. 그를 보면서 처음에는 얼마나 잊히는 게 힘들까 하는 생각을 했었는데, 지금 생각해보니 다른 관점으로도 보게 된다. 그 남자의 도움이 없었다면 퓨리오사는 무사히 거사를 성공하지 못했을 것이고, 다른 딸들도 잡혀서 안 좋은 꼴을 봤을 것이니, 결국 '그'가 있었기에 다른 '이들'도 있었던 게 아닐까.

생각해보면, 사랑도 그렇다. 사랑을 받으면서 그 덕분에 성공했다면, 그 사랑을 잊지 말아야 했다. 지금 이 자리에 있는 것. 지금, 이 시험에 합격했다는 것. 이것은 옆에서 묵묵히 지켜봐 준 그(녀)가 없었다면 불가능했을 게 자명하기 때문이다. 오늘 내가 밥을 잘 먹고 있는 게, 내가 열심히 운동하고 양치를 잘해서 이뤄낸 결과물일지도 모르지만, 그만큼 영양분 있는 음식을 '챙김' 받았고 운동을 할 수 있게끔 '가르침' 받았으며, 건강한 식단을 챙겨 먹도록 '도움'받았기 때문에 가능했다고 볼 수 있는 것이다.

많은 이들이, 남자나 여자나 성공하면 환경이 달라지니 연인도 달라진다고 한다. 한 사원 말로는, 대기업에 들어온 신입 중에 80%가 연인이 바뀌었다면서, 이 말이 틀리지 않았음을 증명했다.

오히려 궁금하다. 누구나 다 그렇다고, 본인도 그럴 것인가. 그래야 마땅한가. 오히려 신입 중에 연인이 바뀌지 않은 그 20%처럼 한 사람만 열렬히 사랑하는 게 좋지 않은가.

<절대로 마음만은 빼앗기지 말라>

여기에 소설 같지 않은 소설을 써보려고 한다.

그는 킹카다. 소위 잘생긴 남자로 정평이 난 그는, 여자들의 대시를 끊임없이 받는 이 시대의 '귀(한)남(자)'이다. 그는 성격도 좋다. 둥글둥글한 성격 덕분에 옆에 있는 사람들과 부딪히는 일이 없었다. 그렇게 성격이 삐뚤지 않아서, 그는 사람들에게 편안한 사람으로 불리기도 했다. 더하여 집안도 좋았다. 부모님은 '사' 자 직업은 아니어도 노후는 보장되는 업에 종사하고 있다. 집은 강남의 내로라하는 아파트는 아니지만, 서울에서 부끄럽지 않은 수준의 아파트에서 살고 있다.

이러한 스펙 덕분에 그가 숱한 여성들의 마음을 휘어잡았다고 봐도 무방하지만, 아니다. 그는 이러한 스펙에 더하여 자상함과 다정함을 겸비했다. 세심함도 그에게는 예외 없이 붙어 있었는데. 아, 이 남자야말로 엄친아 중의 엄친아이다.

그런 그도 한 사람에게 마음을 홀딱 빼앗기기는 했다. 그의 이 '무거운' 마음. 이렇게 가지각색의 재주가 있는 이 남자의 마음을 빼앗아간 그 여인은 대체 누구일까. 그의 '스펙'만큼 대단한 여자여야 마땅할까? 당연하게도, 아니다. 그의 마음을 빼앗아간 여인은 그리 대단한 사람이 아니다. 물론, 찢어지게 가난

하여 당장 입에 풀을 칠할 정도로 괴로운 환경에 사는 사람은 아니다. 하지만 '그'에 비하면 딱히 자랑할 수준의 스펙이 없다는 건 명백했다. 아무튼, 그는 그 자신에 비해 낮다고 볼 수 있는 여인을 사랑하게 됐다.

나는 소설 같지 않은 소설을 쓰려고 한다. 드라마에서나 쉽게 볼 수 있는 장면이지만, 우리는 한 번쯤 나도 이런 사랑을 할 수 있다는 '희망'을 마음에 심고 살지 않는가.

아무튼, 사랑이라는 불길은 거세다. 타오르기 시작하면 한 쌍의 커플이 홀라당 정열적인 추억에 몸담도록 만든다. 소화기로도 끌 수가 없는 사랑이다. 감히 소화기로 끄다니. 이 사랑은 초가삼간을 다 태우고도 모자라, 두 사람 마음에 잊지 못할 추억을 남기는 매우 매혹적인 '사랑'이거늘.

하지만 무엇이든 행복한 순간에 빠져있으면 그 옆에서 괴로운 순간이 끼어들기 마련이다. 고통이 행복이 누리고 있는 기쁨을 시샘하며, 얼른 자리를 내달라고 아우성치는 것이다. 그와 그녀에게도 그러한 시련이 도래하려고 했다. 주위에서는 그에게, "너같이 스펙이 좋은 남자가 왜, 이런 여자를 만나니? 정말 아깝다 아까워. 여자 보는 눈이 있는 거니 없는 거니?"라는 말을 시도 때도 없이 일삼았기 때문이다. 그런 데다가 그가 그녀와 사귄다는 말을 듣고, 금방이라도 헤어질 것을 예상한 여인들이 틈이 나면 그의 마음을 휘어잡으려고 때를 기다리고 있기도 했다. 사람들은 흔히들, 유혹에 저항할 수 있다고 하지만 막상 그 상황이 닥치면 대개 유혹에 지는 경우가 많다.

너무나 사랑하는 가정을 지키고자. 한 사람과 꾸려나가고 있는 이 가정을 지키고자 굉장한 노력을 해왔지만, 결국 무너지고 마는 가정이 얼마나 많은가. 한 남자의 외도로. 한 여자의 외도로. 한 가정이 부서지는 경우가 얼마나 많은가.

그런 면에서 앞에서 본 '그'는 매우 대단한 사람이라고 볼 수 있었다. 그는 다른 여인들의 대시를 처참히 뭉갰다. 사랑이라는 감정은 그렇게 가볍게, 다른 사람에게 가서는 안 된다는 사실을 마음에 단단히 새기고 있었던 터라, 그는 다른 사람의 말에 흔들리거나, 다른 사람의 시선에 굴복하거나, 다른 사람의 지적에 무릎 꿇지 않았다.

그는 되려 그렇게 우리 커플에게 비방을 일삼는 이들을 멀리했다. 그런 사람들이 계속 시답지 않은 이야기를 하니, 마음이 불편했고 얼굴이 일그러져 견딜 수 없었고 그는 차라리 그런 사람들을 피하는 게 옳다고 봤다.

이즈음에서 <논어>의 한 구절을 끼워 넣고 싶다. <논어>의 자한 편을 보면 이런 말이 나온다.

-

대군의 장수를 빼앗을 수는 있어도, 한 사람의 뜻은 빼앗을 수가 없다.

-

나는 좋은 남자에 대해 생각해봤다. 일단, 돈이 많아서 여자친구에게 이것저것 다 사줄 수 있는 남자는 좋은 남자가 아니다. 공부를 잘해서 여자친구의 마음을 학부심을 가득 채워 줄 수 있는 남자도 좋은 남자가 아니다. 집안이 좋아서 여자친구 마음에 풍만한 미래를 기약하게 해준다고 해도 좋은 남자가 아니다. 내가 생각하는 '좋은', 진정으로 '좋은' 남자는, 옆에 있는 한 여인에게 '믿음'을 줄 수 있는 남자라고 본다. 상대를 사랑할 수 있다는 믿음. 그 믿음이 없다면 사랑을 존재조차 할 수 없으니.

여자에게 흔들리지 않는 남자는 '무조건' 좋은 남자는 아니라고 본다. 어찌 보면 흔들리지 않을 수는 없다. '흔들리지 않고 피는 꽃이 어디 있으랴' 도종환 시인의 시는, 사랑에도 적용된다고 나는 본다. 언제든 유혹이 들이닥쳐 지금 우리가 누리고 있는 행복을 순간에 앗아갈 수 있으니 말이다.

그런 면에서 좋은 남자란, 흔들리지 않는 남자가 아니라, 흔들릴 때마다 사랑하는 이와의 기억을 떠올리며 이겨내는 남자가 '찐'으로 좋은 남자라는 생각이

들었다. 지금 옆에 있는 여자와의 추억을 잊지 않는 남자 말이다.

공자는 장수의 마음은 빼앗을 수 있어도, 한 사람의 뜻은 빼앗을 수 없다고 했다. 이 말인즉슨, 대군이라는 '외것'은 빼앗을 수 있지만, 한 사람의 뜻. 즉, 그 마음. 지고지순한 그 사랑은 빼앗을 수 없다는 말 아니겠는가. 진심으로 특별히 대해야 하는 것은 그래서, 마음. 즉 상대를 사랑하는 마음 아닐까 싶다. 그 마음은 세상 어떤 것에도 현혹되거나 빼앗기지 말아야 한다. 빼앗겼다가는, 함께 쌓아온 사랑이라는 도시가 무너지고 마니까.

<자랑하기 위해 여자친구를 만든다니?>

누군가 말했다. 그 남자는 남에게 자랑하기 위해서 그 여자를 사귀는 것 같다고. 여자친구가 얼마나 예쁜지. 얼마나 몸매가 좋은지를 주위 사람들에게 알리고 싶어서 그 남자는 그 여자를 사귀는 것 같다고. 남들의 '좋아요', 남들의 '부러움'을 사고 싶어서. 본인은 그런 여자를 사귈 만큼 '급'이 높다는 것을 그렇게 드러내고 싶어서.

언젠가부터 사랑도 타인의 시선을 신경 쓰게 됐다. 대학도 그렇고, 사는 곳도 그렇지만, 이제는 사랑도 그렇게 됐다. 그래서인지 남자 A가 누구를 사귀면, 꼭 주위 사람들의 평가가 따라오게 돼 있다. 그 사람 '이뻐?' 그 사람 '이뻐?' 이쁜지 묻는 말이 상투어가 된 지 오래. 상대가 어느 정도로 '이쁜' 사람인지 확인하려고 한다. 그러다가 사람들이 보기에 만나는 사람 얼굴이 그 사람보다 조금이라도 못생겼다고 생각하면,

"왜 네가 그런 여자를 만나? 완전 아깝잖아."

이러한 말들을 쏟아낸다. 이는 참으로 안타까운 일이 아닐 수 없다. 어떤 커플에게는 이것이 헤어짐의 시초가 되기도 하니까. 처음에는 그저 '사랑'이라는

감정 하나로 시작한 만남이, 어느새 '비교'의 끄나풀이 된 것이니. 남들에게 비교당하다 보니 어느새 '사랑'의 감정도 식고 마는 것이다.

남자친구나 나보다 학력이 낮으면 보기 안 좋다. 같은 학력의 남자만 만난다. 소개팅할 때는 같은 급 아니면 그보다 높은 급 아니면 안 만난다. 라는 말이 심심치 않게 떠돌지 않던가. 오늘날 누군가는 이렇게 상대를 '꼼꼼히' 생각하고 만난다. 나이가 들수록 이런 방식이 줄어드는 것 같기는 하지만.

아름다운 남친. 아름다운 여친. 언젠가 그렇게 남친이나 여친이 자랑거리가 됐으니. 애인을 자랑하려고 만나는 것일까? 애인을 자랑하기 위해 만난다면, 그것이 사랑일까? 이러한 세태가 무조건 '틀렸다'고 볼 수는 없다. 사랑의 한 방식일 수 있으니, 존중해줘야 한다고 본다. 하지만, 사랑이라는 감정이 그렇게 제한되는 게 아쉬운 건 어쩔 수 없는 것 같다. 사랑하는 데에 있어서 '감정'이 중요한 것보다는, 그 사람이 지닌 그 '어떤 것'이 중요하게 여겨지는 것 같아서.

울프는 <자기만의 방>에서, 딸은 집안의 인형이었다고 했다. 거울이었다고도 했다. 이처럼 사랑도 남에게 보이는 '감정'으로 전락한 게 아닐까 싶다. 연인은 본인을 비춰주는 거울 같은 사람이라고.

그래서 <논어>에는 쓰여있는 게다.

-

공자는 말씀하셨다. "옛사람들은 본인을 위해서 공부했지만, 오늘날의 사람들은 남에게 자랑하고 인정받기 위해 한다."

-

스트레스를 받지 않았으면 했다. 연인이 나보다 못하다고 여기면, 그 못함까지 사랑해주면 되지 않는가. 물론 누군가에겐 이것이 가혹하게 느껴져, "왜 내가 연인의 부족한 부분까지 안아줘야 하는데"라고 반문할 수 있지만.

나 같으면, 그런 회의가 들었을 때 내 마음에 이렇게 물을 것이다. 나는 이 여자를 왜 좋아했는가. 왜 사랑하기 시작했는가. 가지고 있는 것이 무엇이든, 내 마음은 거짓이 없지 않았는가. 그런 마음이 언제부터 이렇게 타인의 시선에 휘둘리기 시작했는가. 타인의 마음이 그리도 중요한가. 나와 내가 사랑하는 사람이 누군가의 조롱거리가 되기를 진정 바라는가.

많은 이들이 자랑하기 위해 만든다. 몸매 좋은 여자친구를 사귀는 남자에게, 뭐라고 하던가. SNS에 올라온 사진에 달린 댓글을 보면 가관이다. "역시 능력남" "뭔가 뛰어난 게 있나 봐." "아 완전 부럽다. 저런 여친 사귀면 소원이 없겠다" 인간은 시각의 영향을 가장 많이 받는다고 했다. 보이는 것에 좌절하고 질투한다. 아름다운 여자를 사귀고 있는 남자는 우상의 대상이자, 승리자의 표본이다. 언젠가부터 이런 공식이 젊은 층 사이에서 형성돼있었다.

그러다 보니 뛰어난 여자나 남자를 만드는 사람이 '연애를 잘하는 사람'이 됐다. 누구와 결혼했는지가 중요하고, 성공한 결혼을 했는지, 안 했는지가 관건이 됐다.

사랑이라는 게. 언젠가부터 이렇게 보여주기식 감정이 됐는지, 마음 아프다. 주위에서 '선남선녀' 커플이라고 불리면 그래도 피해는 적겠지만, 남자가 아깝네. 여자가 왜 저 모양이야. 저 여자 돈 많나? 라는 뒷담이 들리는 커플은 얼마나 속상할까?

서로 좋아하고 행복하면, 그것만으로도 좋은데. 이제는 서로 좋아하는 것만으로는 부족해졌다. 좋아하기 위해서는 외적으로 괜찮은 부분이 갖춰지고, 더하여 직업이나 학력 또는 학벌 면에서 부끄럽지 않은 수준이 돼야 한다는 공식이 만들어져 있으니까.

이 공식은 깰 수 없는 것일까.

*물론, SNS에 애인 사진을 올리는 사람들이 모두 다 남에게 자랑하고, 인정을 받기 위해 그런 것이라고 주장할 수는 없다.

<오늘도 여자친구가 집착한다고?>

한 여자- "남자친구가 너무 집착해. 매일 지금 어딨지 물어보고. 연락 조금만 안 받으면 왜 안 받았는지 물어보고."

한 남자- "여자친구가 너무 집착해. 어디 있는지 물어보고. 누구랑 있었는지 물어보고."

이러한 고민을 하는 연인들이 얼마나 많은가. 여자친구나 남자친구가 질투한다고. 하소연하는 댓글을 인터넷에 올리는 이들이 얼마나 많은가. 연애에 대한 고민을 들어 보면 이러한 고민이 심심치 않게 터져 나오니, 이게 바로 불화설의 표증 아닐까.

대부분, 여자친구나 남자친구가 이상해서 그런 거라고 한다. 질투하는 건 나쁜 거라고. 집착이라고. 그들은 말한다. 그러면서 상대가 본인을 너무 힘들게 한다고, 그렇게 질리게 하면 안 좋다고 상대방 탓을 해댄다.

그들에게 공자는 이리 말할 것이다.

-

공자께서 말씀하셨다. "군자는 일의 원인을 자기에게서 찾고, 소인은 남에게서 원인을 찾는다."

-

공자의 말에 따르면, 먼저 그 '집착'하는 상황에서 본인이 잘못한 것은 없는지 살펴봐야 한다. 집착을 왜 하는가. 불안하니까 한다. 왜 불안하겠는가. 나는 그들을 보면서 알았다. 그 여자는 남자친구를 불안하게 했다. 매일 어디에 가 있는지도 모르게 놀았다. 남사친이 많아서 마음고생도 많이 했다. 그 남자도 다르지 않았다. 그 남자는 술을 너무 좋아해서 문제였다. 날마다 술자리에 갔다. 술에만 진탕 빠져있었다면 그래도 여자친구로서는 걱정이 없었을 게다. 그는 여사친들과 많이 어울렸는데, 술자리에 여사친이 있으니 여간 이상한 게 아니었다. 여자친구로서는 곱게 보이지 않았다. 혹시나 다른 이성과 스킨십을 하지 않을까, 전전긍긍하게 됐으니 말이다.

정작 상대의 그런 마음을 생각지도 않고, 상대에게 집착만 그만하라고 했다. 문제의 원인을 분석해 봤을 때, 본인에게도 일정 부분 문제가 있었는데도. 본인이 오해 살 만한 행동을 하지 않고 사랑에 대한 확신을 줬더라면 여자친구가 불안해 집착까지 하지는 않았을 것이니.

연애하고, 사랑하고 결혼을 하면서 문제가 없을 수는 없다. 그럴 때마다 먼저 본인은 무엇을 잘못했는지부터 '찾아'보려고 노력하는 게 좋지 않을까. 남자친구나 여자친구가 힘들게 한다고 뭐라 하지만 말고. 상대를 사랑한다면. 본인이 무엇을 잘못했는지부터 생각해보는 게 '예의' 아닐까.

사람은 본인의 잘못보다는 상대에게서 잘못을 찾으려는 경향이 많다. "네가 잘못했으니, 이렇게 일이 안 풀리지. 네가 잘못해서 이렇게 힘들지." 그런데, 사랑하는 사람에게 이리 말하면 이는 너무 가혹한 처사가 아닐까? 아끼는 사람인데. 그렇게 미워하는 건 미안한 일이 아닐까?

그리 보면, <논어>는 사랑을 더 잘 이어주도록 도와준다. 어떻게 하면 서로에게 득이 되는 사랑을 할 수 있는지 알려주는 것이다. 공자는 또 말한다.

-

공자께서 말씀하셨다. "자신에 대해서는 스스로 엄중하게 책임을 추궁하고, 다른 사람에 대해서는 가볍게 책임을 추궁하면, 원망을 멀리할 수 있다."

-

보통 본인은 본인에게 관대하다. 본인이 무슨 실수를 했든지, 그냥 그럴 수밖에 없었어, 하고 넘기려 한다. 처음에는 뭐라도 변명을 하지만 어느 순간 합리화를 하고 있다. 자신에게 엄격한 사람이 돼야 한다. 자신이 어떠한 점에서 잘못했는지 깨우치는 사람이 돼야 한다.

더 행복한 사랑을 위해서.

<어리다고 놀리지 말아요>

"나이가 어리다고 막 놀려요. 아직 애라면서요. 이게 처음엔 귀여워서 그런 줄 알았어요. 장난치는 건 줄 알았죠. 근데 언젠가부터 기분 나쁘게 들리는 거예요. 뭔가 저를 무시하는 것처럼 말이죠. 하루는 제가 대학 친구들과 놀러 간다고 했는데요. 그때 깨달았어요. 이건, 좀 아니다. 너무 과하다는 것을요. 저보고, 요즘 남자는 다 짐승이라면서, 놀러 가지 말라는 거예요. 그런 남자들이랑 어울리다가는 큰코다칠 수 있다고요. 학교에서 친구들끼리 놀러 가는 건데. 그게 뭐 어땠다고. 제 남사친들을 짐승으로 만들어요. 그래서 제가 말했죠. 아무리 그래도 친구들이 어떻게 짐승이냐고. 내 주위엔 그런 남자 없다고. 내가 애도 아니고, 그렇게 세상 물정 모르겠냐고. 사람 보는 눈이 없다고 해도, 전혀 없는 건 아니라고. 그랬더니 본인이 저보다 얼마나 살았는지 말하면서, 세상 보는 눈은 하루아침에 얻어지는 게 아니라고 하지 뭐예요. 아, 남친이랑 저는 8살 차이나요. 근데 8살은 아무것도 아니잖아요. 같은 성인인데. 그러니, 저는 남친의 말이 너무 서운하게 들리는 거예요. 근데 더 속상한 게 뭔지 아세요? 홧김에 한 말이겠지만, 어린 니가 뭘 알기에 그렇게 행동하냐고 하지 뭐예요?"

누군가의 한탄을 여기에 담았다. 토씨 하나 틀리지 않을 만큼 정확하게 옮기지는 못했지만, 우리는 그녀의 눈물을 마주할 용기가 필요하다. 이어서 <논어>의 한 부분을 보자.

-

공자께서는 장님을 만나시면, 그들을 보아서 그들이 비록 젊다고 하더라도 반드시 일어서셨으며, 그들의 앞을 지나가실 때는 반드시 종종걸음을 하셨다.

-

이 이야기를 통해 우리는 공자의 한 면을 볼 수 있다. 그는 장님이 지나가는 데에도 깍듯이 대했다고 한다. 종종걸음으로 걸었다는 건 그만큼 조심히 걸었다는 말일 테니. 이는 어찌 보면 당연한 일이다. 상대가 어떻든 예의를 차리고 정중히 대해야 함은 물론이니까. 그러나 이를 안다고 해서 다 지키는 건 아니다. 상대가 모른다고 무시하거나 기만하는 경우가 많다. 대표적으로 지하철 임산부석이 그렇다. 임산부가 버젓이 앞에 서 있는데도 어떤 이들은 비켜줄 생각을 안 한다.

공자는 젊은 사람에게도 깍듯이 대했다고 한다. 본인보다 어리다고 해서 함부로 대하지 않는다는 것. 이 부분도 너무 당연한 부분이지만, 못 지키는 사람이 많다. 한국 사회는 이 부분에 특히 문제가 있다고 본다. 일단 누구를 만나든 나이부터 묻는다. 누가 더 나이가 많고 적느냐를 분간하고 나서는, 호칭이 정해진다. 누군가 다투는 장면을 보면 나이 이야기가 많이 나온다. 내가 더 나이가 많잖아. 어디서 함부로 대해?, 니가 나이가 많으니, 참아라.

나이는 마치 그 사람의 인성이나, 지위를 드러내는 표증으로 쓰인다. 사랑에서도 나이 문제로 부딪치는 경우가 많다. 본인보다 어리다고. 나이가 다섯 살 더 어리다고. 너는 말을 따라야 한다. 그렇게 암묵적인 계급 관계를 형성하는 이들이 있다. 나이가 많은 사람이 당연히 그래야 한다, 뭐, 그런 주장도 한다. 이런 커플의 사랑은, 사랑이라기보다는 종속 관계 같다.

사랑을 급으로 구분하여 나누니, 사랑이 제대로 된 '사랑'으로 표현되지 못한다. 은연중에 상대를 무시하는 언행을 하면서, 상대를 을로 만든다. 을이 된 상대는 사랑의 기쁨도 느끼지 못하고, 불행 속에서 살아간다.

사랑엔 급이 없으면 좋겠다. 사랑이 동등한 위치에서 행해졌으면 좋겠다. 사실 사랑은 동등한 두 사람이 만나 이루어지는 것 아닌가. 공자의 말을 보면서, 나는 사랑이란 시소 같다는 생각을 하게 됐다. 두 사람이 적절한 무게를 지니고, 양편에 앉아야 한다. 누가 먼저랄 것 없이, 누가 더 강하다는 것도 없이, 앉아서 시소를 타야 한다.

대부분은 모른다. 시소는 두 명이 함께 타야 한다. 한 명이라도 나가면 시소 놀이는 더는 지속하기 힘들다. 소 잃고 외양간 고칠 수 없듯, 친구 잃고 시소를 탈 수는 없다.

<사랑은 결과보다 과정이 아름다운 거 아닐까?>

그녀는 그와 데이트를 했다. 그들은 놀이공원에서 행복한 시간을 보냈다. 그는 그녀가 떡볶이를 좋아한다는 것을 알았다. 그녀와의 점심 식사는 내내 미소를 짓게 했고, 그녀의 이야기는 그 자신에게 공감과 재미를 받게 했다. 그는 그녀에게 수첩을 하나 사주었다. 그녀는 궁금해, 그에게 물었다.

"수첩은 왜?"

그는 그녀에게 펜을 건네며 말했다.

"나와 만날 때마다 힘든 일 있으면, 여기다 적으라구. 혹시나 불만스러운 거 있어도 여기에 적구. 일주일마다 내게 줘. 그럼 내가 보고 고칠게. 어떤 부분에서 네가 힘들었는지 이렇게 알 수 있으니까. 말은 쉽게 안 나오잖아. 이런 게 힘들어, 이런 게 불편해. 이렇게 말하기는 쉽지 않으니까."

그녀는 이런저런 이야기를 했다. 직장 상사가 힘들게 한다는 이야기. 근무하는 데 거래처 직원과 마찰이 있어서 힘들다는 이야기. 매번 을이 되는 것 같아 괴롭다는 이야기. 당장이라도 회사를 그만둘 수 있다면 그만두고 싶다는 이야기.

그녀는 이런저런 걱정거리도 쏟아냈다.

"요즘 미래가 안 보여 걱정이야. 지금 하는 일이 미래가 불투명하니까. 안정적인 직장이면 좋겠는데. 공무원 시험을 준비해야 하나? 아니면 연봉이 높은 직장으로 이직해야 하나? 그것도 힘든 게, 결국 이런 일만 해야 하잖아. 이렇게 거래처하고 연락하고, 또 거래처에다가 문의하고. 그럼 난 또 불편하겠지. 또 직장 상사에게 시달리겠지. 또 힘들겠지."

그녀의 고충은 데이트 자체의 의미마저 상실할 정도라고, 누군가는 지적할 만했다. 데이트라는 건 기분이 좋고 서로 좋은 시간을 보내려고 하는 건데, 이렇게 마음에 있는 괴로운 시간만 털어놓는다고 하면, 이 데이트도 '데이트'로서의 의미를 상실할 수 있으니까.

그는 그녀에게 한 가지 물었다.

"좋은 남자란 어떤 남자일까?"

그녀는 "자상한 남자? 다정한 남자? 아니면 항상 잘 웃는 남자? 밝은 남자? 긍정적인 남자? 믿음직한 남자? 청결한 남자? 도덕적인 남자? 순수한 남자?" 이렇게 본인이 생각하는 좋은 남자에 관해 얘기하기 시작했다.

"여자친구의 고충을 다 담아줄 수 있는 남자" 그의 대답은 그녀에게 '쿵', 설렘을 안고 떨어졌다. "전에는 어깨가 태평양처럼 넓은 남자가 좋은 남자라고 생각했거든? 근데 너를 만나며 나는, 여자친구의 고충을 다 담아줄 수 있을 만큼 마음이 넓은 남자가 좋은 남자라는 생각을 하게 됐어. 여자친구가 힘들다고 하는 것들을 불평 없이 짜증 없이 다 담아줄 수 있을 만큼 마음이 넓은 남자 말이야. 그렇게 여자친구의 고충을 다 희석해줄 수 있는 마음을 지닌 남자. 그런 남자가 좋은 남자라는 생각이 들더라."

그와 그녀는 이렇게 달달한 추억을 쌓아갔다. 그들이 함께 보내는 시간은 각자의 인생에 빛이 나는 기억으로 남게 됐다.

논어에 나오는 말은, 그래서 사랑하는 이들에게 경각심을 준다.

-

궐당의 동자가 어른들의 심부름을 하고 있었는데, 어떤 사람이 여쭈었다. "공부를 쌓아 나가는 아이입니까?" 공자께서 말씀하셨다. "내가 보니, 저 아이는 어른 자리에 앉고, 손윗사람과 나란히 걸어 다닙니다. 공부를 쌓아 나가려는 아이가 아니라 빠른 성취를 바라는 아이인 모양입니다."

-

사랑하는 데에 있어서, 데이트를 통해 쌓는 추억은

뒷전인 사람이 있다. 시간을 같이 보내며 남기는 사랑의 발자취보다는, '성취' 즉, 어떠한 목적만을 바라는 사람이 있다. 그런 이들에게는 데이트는 시간 낭비일 뿐이다. 데이트로서 얻는 기쁨은 없으니, 그들에게는 데이트보다는 다른 '성취'가 우선이다.

결과가 중요한 걸까. 라는 생각을 하게 된다. 놀이공원을 함께 가고 같이 카페를 탐방하고 못 해본 게임을 해보고 못 가본 맛집을 가보는 그런 추억 쌓기를 멀리하고 단순히 어떤 '성취'만을 위해서 사랑하는 건 아닐까 싶기도 하다.

사실 과정이 중요하지 않은가. 결국, 기억에 남는 건 과정이 아닐까. 수학에서 미분을 푼다고 하면, 대부분 사람은 미분을 풀 수 있다는 데에 의의를 둔다. 그러나 미분을 풀 수 있을 때까지 덧셈과 나눗셈. 유리함수와 무리함수까지 공부하며 내공을 쌓았던 시간이, 있었기 때문인데.

연애라는 것 자체가 그렇다. 마치 같이 '커플'이 돼야만 '행복'하고, '성공'한 사랑이라고 정의내려진 듯했다. 그렇지 못하면, 연애에 있어 실패한 것이고 심지어 패배한 것으로 생각하면서 말이다. 그래서 외사랑은 부끄러운 것이며 용기 없는 것이며 아쉬운 것으로 생각한다. 하지만 누군가를 좋아하기 시작하면서 그 사람만을 생각하고, 그 사람의 하루에 귀 기울이게 되고 공감하고 경청하는 그 속에서 사실, 사랑의 진정한 의미가 발견되지 않을까 싶다. 세상에 태어나 한 사람만을 진중하게 사랑한다는 것. 그것부터가 이미 '기적'의 일면이라 볼 수 있지 않을까.

<정직하지 못해 '정직'된 너에게>

여기에 나는 그녀의 이야기를 담는다. 이렇게 쓴다고 하여 그녀의 얼어버린 마음을 완전히 치유할 수는 없겠지만, 이렇게라도 경고하지 않으면 많은 이들이 아플 테니, 묵묵히 쓴다.

그녀는 H와 결혼했다. 그녀의 아픔을 담기 전에, H가 누구인지부터 알아보겠다.

H는 심성이 곱고 착하여 여자 말을 잘 듣는다. 아내가 반대하는 일은 절대로 하지 않았다.

그러나 인간이란 참으로 오묘한 존재라, 열 길 물속은 알아도 한 길 사람 속은 모르는 것이었다. H는 직장에서 만난 친구에게 비트코인이란 것을 알게 됐다. 처음에는 H도 비트코인에는 관심이 없었다. 그는 비트코인은 좋은 게 아니라고 알고 있었다. 그러나 직장 동료는 H의 그런 곱고 착한 마음을 이용했다. 그를 조금씩 조금씩 비트코인의 세계로 끌어들였다. H는 두어 번 비트코인을 하여 수익을 올렸다. 큰 수익은 아니지만 그래도 쏠쏠한 이익은 됐다. 그게 화근이었다. 한두 번의 성공은 그의 뇌리에 일확천금의 꿈을 꾸게 했다. 그리고 H는 아내 몰래 돈을 들여 비트코인에 투자했다.

H는 아내 몰래 돈을 쓰는 사람이 아니었다. 항상 아내의 허락을 받고 돈을 사용해왔다. 그게 바람직하

다고 보았고 분란의 여지도 없을 것 같았기 때문이다. 그러나 아내는 이 비트코인 투자를 허락하지 않을 것 같았다. 그가 보기에 아내는 이런 데엔 손사래를 칠 사람이었다. 하지만 H는 이번만큼은 확신이 있었다. 수익이 났으니까.

비트코인에 관한 기사를 보면 알겠지만, 열에 아홉은 돈을 날린다. 쉽게 들어오는 돈은 쉽게 빠져나가는 것이니, 돈을 잡아둘 능력이 본인에게 없다면 들어온 돈은 다 빠져나가고 마는 것이다.

H도 예외가 아니었다. H는 전 재산을 날렸다. 비트코인에 몰방하고는 그렇게 나락까지 골인한 것이다. 물론 우리는 H의 마음도 고려해보긴 해야 한다. H가 아내를 위해 그런 모험을 감행했다는 건 아름다운 일이 분명하니까. 본인의 이익이 아니라 아내의 이익을 위해 그리했다는 건 충분히 좋은 일이니까. 아내에게 맛있는 것을 사주기 위해. 형편이 조금 더 나아지기를 바라서 그런 건 나쁜 일이 아니니까.

근데, H는 왜 이혼당한 것일까.

H가 일찍이 공자의 말을 보았다면 괜찮지 않았을까.

-

공자께서 말씀하셨다. "사람의 삶은 정직해야 한다. 정직하지 않은 삶은 요행히 화나 면하는 것이다."

-

H는 아내 몰래 비트코인에 투자했다. 숨겨왔단 것이다. 그는 정직하지 못했다. 요즘 시대에 정직한 이는 드물다고들 한다. 셰익스피어의 작품 햄릿의 주인공 햄릿은 말했다. 정직한 이는 만 명에 한 명이나 될까 말까 한다고. 그만큼 세상이 더럽다는 말 아니겠는가.

정직하기가 어려운 것일까. 아니면 한 번 정직하지 않아 봐서, 더는 정직하지 않게 된 것일까. 정직하지 않아도 아무 일 없으니까. 정직한다고 해서 이득이 돌아올 게 없으니까. 그렇게 한두 번 부정직하게 살다 보니, 부정직한 사람이 된 게 아닐까. 그래서일까. 누군가는 요즘 세상에 왜 정직해야 하냐고 물었다. 모두가 남을 속이고 있는 마당에, 착하면 본인만 손해라는 것이다.

많은 사람이 정직하지 않다. 속일 수 있으면 속인다. 그렇게라도 이득을 본다. 돈을 빌려놓고 몇 달 몇 년이 돼도 안 갚는다.

그러나 반드시 정직해야 하는 것도 있다. 특히 사랑. 사랑하는 데에 정직하지 않으면, 어찌 되겠는가. 정직의 사전적 의미는 '속이거나 숨김이 없고 바른 상태'다. 즉, 서로 터놓고 얘기할 수 있어야 한단 말이다. 사랑하는 사람끼리 서로 속인다면, 훗날 남들보다 큰 실망으로 느껴지지 않을까.

사랑하는 사람에게 정직하기. 어디에 돈을 썼고, 어제저녁에 무슨 일을 했고. 어제 왜 연락을 안 받았고. 솔직하고 숨김없이 말한다면, 얼마나 좋을까. 그러면 그렇게 많은 연인이 다투거나 힘들지 않을 텐데. 그래. 연인들에게 각각 진실의 올가미 하나씩을 선물로 주자. 아마존의 원더우먼처럼 악당들을 잡아다 잘못을 추궁케 하자.

정직함은 믿음으로 이어진다. 정직하지 않으니 믿지를 못한다. 믿지를 못하니 사랑하기가 힘들다. <논어>에는 사람에게 신의가 없다면 아무 쓸모가 없다는 말이 있다. 사랑이 특히 그렇겠지. 서로를 믿지 못하니 사랑이 이어지지 못한다. 의심이 들고 불편하고 괴롭다. 그렇게 끊어진 관계가 된다.

사랑을 잇기 위해 노력한다고 해도, 한 번 끊어진 실을 완벽하게 복원하기는 불가능하다. 한 번 의심의 싹이 자라나면 도끼를 쓰지 않는 한 베어낼 수 없다. 그러니 사랑은 일단 정직해야 한다.

<이익을 얻기 위해 사랑한다고?>

한 남자의 자랑을 들었다.

얼굴이 정말 잘 생겼다고 한다. 지나가는 여자들이 연락처를 금방 줄 만큼 그 급이 뛰어나고, 더하여 말도 잘해서 여자를 잘 만난다고 했다. 그러다 그는 클럽에서 한 여인을 만났다고 한다. 정말 부자라고. 그래서 그녀와 결혼하기 위해 계획을 짜고, 마침내 결혼에 골인했다고 한다. 하지만 결혼 생활은 평탄치 않았다고. 보통 같으면 '의리'있게 결혼을 이어가려고 노력하지만, 그는 그러지 않았다. 그녀에 대한 사랑은 이미 저문 지 오래라면서, 그녀와 이혼하기로 마음먹었다고 한다. 그는 끈질기게 그녀에게 이혼을 요구했고, 그는 그녀에게 위자료로 10억 원어치를 받고 갈라섰다고 한다.

내가 그의 이야기를 '보고' 놀란 부분은 이 부분이 아니었다. 이보다는 더 '의리'가 없는 일이 있었다. 그는 일본으로 건너가, 다른 여자를 또 찾고 있다고. 부자 여자를 찾아서 결혼하고 또 이혼해서 이익을 얻겠다고.

한 커뮤니티에 이렇게 자랑을 하는 이들을 보고 나는 알았다. 무섭다. 과연 누가 진심을 담고 사랑할까. 가관인 것은 댓글이었다. 사람들은 그런 그를 '승자' 혹은 '위너'라고 칭송했다. 그렇게 잘 생겼기에 돈도 얻고 여자도 얻는 거라며, 본인은 잘생기지 못해 아쉽다고 한다.

지금 이 시대에 공자의 말이 '울리는' 것은 기분 탓일까?

-

공자께서 말씀하셨다. "군자는 의리에 밝고 소인은 이익에 밝다."

-

이익에 밝은 그는, 소인이었다. 사랑을 통해 이루어 낼 '추억'은 제쳐두고 '이익'만 쫓는 소인이었단 말이다.

사랑해서 어떤 이익을 얻을 수 있을지, 고민하는 사람이 많다. 지금 사귀고 있는 여자친구는 피부가 점점 나이 든 티가 나, 그래서 젊고 예쁜 여자를 찾아봐야지, 하면서 다른 여자를 기웃거리는 남자가 보이고. 지금 이 남자는 그리 성실하지 않아, 그래서 다른 남자를 찾아봐야지 하면서 다른 남자를 기웃거리는 여자도 보인다.

아무래도 '이익'은 '의리'보다는 사람들 마음에 더 쉽게 들어오니까. 그래도 난 그게 싫다. 의리가 더 중시됐으면 좋겠다. 곰곰이 생각해봤다. 정말 이익이 의리를 이길까? 아니다. 절대로 아니다. 결국, 의리가 이겼다.

지금 옆에 있는 여자친구가 나중에는 나이가 들 것인데, 그때 지금 옆에 있는 사람보다 더 젊은 사람을 찾고 싶다고, 그 마음의 '이익'에 따라 행동하면 어떻게 되겠는가. 사랑은 없다. 진정한 사랑은 사라지고 만다.

사랑은 호르몬의 영향으로 일어난다고 보는 견해가 있다. 그 호르몬이 사라지면 사랑이라는 감정도 줄어든단다. 보통 30개월이면 콩깍지가 없어진다고 한다. 듣고 나니 슬펐다. 모든 사랑은 한계가 있다는 말 아닌가. 어차피 끝날 마음이라는 것 아닌가. 그러면 너무 안타깝지 않은가. 결국, 끝날 사랑이라니….

알고 보니 몇 마디가 더 이어졌다. "사랑을 단순히 생물학적인 측면으로만 볼 수는 없다. 일평생을 사랑하는 사람도 있는데, 단순히 시간이 지난다고 사랑이 지워진다고 볼 수는 없는 것이다."

그렇다. 사랑은 이익만으로는 계산할 수 없는 것이다.

영화 <성난황소>를 보면 의리가 이기는 모습을 찾을 수 있다. 이 영화에는 나쁜 남자가 나오는데, 그는 아픈 아내를 둔 남편들에게 아내를 팔라고 종용한다. 아내가 아픈 데다 당장 병원비 낼 돈도 없어서 많은 남편이 아내를 판다. 그 상황에서는 다른 선택지 보이지 않아 그럴 수도 있지만, 대부분 돈에 눈이 뜨여 그런 것을 볼 수 있다.

남편이 지켜야 할 의리란 아내를 지키는 일일 텐데. 분명히 알고 있다. 무엇을 선택해야 '이로운'지. 윤리적이며 바람직한지. 당연히 아내를 지키는 게 마땅한 것이다. 부부는 한 몸으로 살아가기로 결혼식날 만인 앞에서 언약하지 않던가. 한쪽을 팔아넘기면 다른 한쪽이 무사하겠는가. 마음은 건재하겠는가.

물론 모든 사람이 '의리'를 택한다고 확언할 수는 없다. 그렇게 이도 저도 못 하는 상황에 놓인 적이 없으니까. 그러니 아내든 남편이든 그렇게 궁색한 상황에 부닥치면 의리고 사랑이고 없다며 팔아넘길 사람이 많으리라.

공자는 그들에게 말할 것이다. "이익에 따라서 행동하면 원한을 사는 일이 많아진다."

그래…. 의리를 지키지 않아 남들의 욕을 한바닥 얻어먹는 이들이 참 많구나.

<어찌하면 좋을지 이미 알고 있을 텐데>

#1 남자친구랑 만난 지 2년이 됐거든요. 지금껏 정말 저만 바라봐주고 사랑해줬는데, 어쩌다 남자친구 휴대폰을 보고 나서 두려워졌어요.

남자친구가 제가 모르는 여자하고 연락을 하고 있는 거예요. 근데 둘이 대화가 너무 알콩달콩해서 사귀는 사이라고 해도 믿을 것 같았어요. 그래서 남자친구한테 물어봤죠.

"이 여자 누구야? 다른 여자 생긴 거야?"

남자친구는 "이 여자하고는 아무런 사이도 아니니 신경 쓰지 마, 그냥 직장 동료야"라고 했어요. 그래도 그게 어디 쉽게 무시가 되나요. 계속 의심이 가는 거예요. 여자의 촉이라는 게 무시 못 하잖아요. 남자친구는 그런 저를 보고 "왜 그렇게 나를 의심하냐"고 "나를 사랑하지 않냐, 나를 믿지 않냐"고 하길래, 저는 그냥 "알겠다"라고만 하고 넘어가기로 했어요. 괜히 이것 가지고 트집을 잡으면 속 좁은 여자처럼 보일 것 같기도 해서요.

근데 계속 그 여자가 누군지 신경 쓰여요. 둘이 나누는 대화가 친구 사이에 나눌 대화는 아니었거든요. 업무적인 분위기도 아니었고. 너무 신경 쓰여요. 이럴 땐 어떻게 해야 하죠?

#2 제 남자친구에게는 여사친이 몇 명 있어요. 뭐, 그냥 아무런 감정도 안 느껴지는 친구들이래요. 오래전부터 봐온 사이라 저랑 연애한다고 연락 안 하기도 애매한 사이라 하더라고요. 저는 연애라는 게 속박이 되면 안 된다고 봐서, 남자친구의 그런 가치관도 다 이해해주려고 했어요. 여사친을 만난다고 그게 외도를 한다는 증거가 되지는 않으니까요. 그렇다고 제게 함부로 대하는 것도 아니었고요.

그러던 어느 날, 남자친구가 저로서는 이해할 수 없는 질문을 했어요. 여사친하고 친구 몇 명이 함께 놀러 간다는 거예요. 방에서도 놀고요. 근데 이게, 너무 마음에 걸리더라고요. 정말 아무 일 없을까요? 이런 경우엔 어떻게 해야 할지 모르겠어요. 좀 이상하잖아요. 아무리 친한 친구라도 그렇지 이성 간인데. 남자친구와 가치관이 달라서 그런 거겠죠? 제가 더 물어보고 신경 쓰면 속 좁은 여자로 보이겠죠?

#3 여자친구랑 알콩달콩 연애해왔어요. 만난 지 벌써 3년이나 됐네요. 그동안 추억도 많이 쌓고, 좋은 시간도 많이 보냈어요. 그런데 연애 감정이라는 게 무한정 이어지는 게 아니잖아요. 갑자기 감정이 식기도 하고. 그렇게 보면 좋아 행복하던 사이도 어느 날

갑자기 싫어지기도 하고.

어느 날, 여자친구가요. 마음이 식어서 헤어지자고 했어요. 저는 너무 슬펐죠. 지금도 너무 사랑하니까요. 그래도 붙잡을 수는 없더라고요. 제가 붙잡는다고 잡히는 사람이 아니었으니까요.

이후로 그 친구 소식을 들었을 때, 너무 화가 났어요. 알고 보니 다른 남자에게 '환승'한 거였더라고요. 저랑 만나고 있을 때 다른 남자와 썸 아닌 썸을 타고 있었단 말이죠. 그게 너무 분했어요. 어떻게. 나와 사귀고 있는데. 정말 하나부터 열까지 다 사랑한다 했으면서.

전 잊으려고 했어요. 나쁜 여자 걸렸다고 생각하고 이런저런 일에 열중했죠. 운동도 열심히 하고. 일도 열심히 하고. 아주 바쁘게 살았어요.

그런데요. 그 사람이. 전 여자친구한테서 연락이 온 거예요. 저랑 있었던 시간이 너무 소중해서, 다시 만나고 싶다면서요. 지금 만나는 남자보다도 네가 훨씬 좋다고요. 내가 너무 바보였다고. 잠깐 한눈을 팔았다고.

어떻게 하죠? 저는 다시 사귀고 싶기는 해요. 그런데 그렇다고 배신 받은 상처가 지워지진 않을 것 같아요. 만나다 보면 다 잊힐까요? 사랑의 힘으로 다 극복할 수 있을까요?

아, 공자는 이들에게 말할 것이다.

-

공자께서 말씀하셨다. "'어찌하면 좋을까, 어찌하면 좋을까' 하며 고민하고 노력하지 않는 사람이라면, 나도 정말 어찌할 수가 없다."

-

1 같은 문제로 힘들어하는 이들이 많다. 너무 사랑하는 애인의 휴대폰에 찍힌 다른 이성의 통화내역. 그 사람이 누군지 모르지만, 주고받은 이야기를 보면 가벼운 사이는 아니라는 건 분명하다. 그래서 스트레스를 받는다. 애인이 다른 이성에게 마음 주고 있는 게 아닌지 싶어서.

2와 같은 문제로도 많이들 힘들어한다. 남자친구가 여사친하고 둘이 여행 간다는 건 예사고, 여사친하고 같은 방을 써도 아무 일도 없다고 '확언'하는 이들이 많다. 본인과 여사친 둘만이 어떤 일이 있었는지 없었는지 알 수 있지, 그 외 남이라면 어떻게 확인하겠는가.

3. 다른 이성에게 빠져 멀어졌다가, '조강지처가 최고였다'라는 노랫말처럼 다시 돌아온 애인이 얼마나 많은가. 생각해보니 네가 최고였어. 지금껏 내가 바보 같은 생각만 했어. 그러니 용서해줘. 다시 잘 만나보

자.

인터넷 커뮤니티에는 이런 고민이 많이 올라왔다. 너무나 자주 올라와, 잉크값이 많이 나오는 게 걱정돼 인쇄하다가 그만둘 정도였다.

그들은 모두 답을 알고 있었다. 애인과 헤어져야 한다거나, 이 상황에서 더는 만날 수 없다거나, 만난다고 해도 의심하고 스트레스를 받을 수밖에 없을 거라는 사실을 알고 있었다. 그런데도 그들은 다른 사람들에게 조언을 구했다. 아무리 그래도 애인과 헤어질 수가 없다고. 본인이 너무 사랑한다고. 어떻게 해야 하냐고.

어쩌면 모든 이들은 사랑을 시작하면, 사랑에 눈이 머는지도 모른다. 그냥 그 사람이 좋아서. 그 사람이 멋있고, 내 옆에 있어 주기를 바라서. 문제는 그러다 보니 이성이 무감각해진다는 점이다. 합리적인 판단을 못 하고 엉뚱한 방향으로 생각하면서.

사랑할 때에도 용기가 필요하다고 본다. 이렇게 답은 정해져 있는데, 선택이 힘들 때. 분명 답이 무엇인지는 아는데, 사랑이라는 감정이 의지를 막아설 때. 이럴 때 감정에 휘둘리지 않고, 아닌 것은 당당히 끊어낼 수 있는 용기. 본인이 너무 괴롭다 싶으면, 당장이라도 벗어날 수 있는 용기. 본인을 날마다 힘들게 하는 남자친구나 여자친구를 두고, 주위에서 그렇게 헤어지라고 닦달해도 못 헤어지는 사람이 있다면, 이러한 용기를 가졌으면 좋겠다. 제대로 된 사랑도 못 하고. 허울뿐인 사랑에 귀한 청춘을 소모한다는 건. 청춘으로서나, 시간으로서나. 감정으로서나 얼마나 소모적인 일인가.

<잘못을 고치지 못해, 괴로운 커플에게>

그녀는 그와 알콩달콩 연애할 줄 알았다. 이번에는 '오래' 가리라 믿었다. 서로 좋아하고 마음이 맞으니 연애라는 배는 순풍을 만나 쏜살같이 '행복'이라는 목적지로 나아가리라 보았다.

'우리'의 사랑은 그래야만 했다고 그녀는 말했다. 안타깝지만 사랑은 그녀 마음처럼은 풀리지 않았다. 알겠지만, 인간은 참 교묘한 동물이다. 카멜레온처럼 변장한 동물이 곳곳에 숨어있다.

사귀는 날이 늘어나면서 그녀는 그의 본모습을 보게 됐다. 연락을 잘 받지 않는. 만나면 직장에서 있었던 힘든 일부터 털어놓으며 데이트의 분위기를 어둡게 만들고, 밥을 먹을 때는 핸드폰만 보며 근심에 찬 그 모습을.

그녀는 연애는 무조건 참기만 해서는 안 된다고 보았다. 양보만 하다 보면 일방적인 연애로 전락할 위험이 있으니까. 그래서 그녀는 그에게 부탁했다. 연락도 연락이지만 데이트를 할 때는 힘들었던 이야기만 털어놓지 말라고. 여자친구니까 남자친구의 힘든 이야기를 들어줄 수도 있고, 그게 당연하지만, 그래도 그 수준이 너무 과하니 좋지 않다고.

그는 알겠다고, 분명히 고치겠다고 했다. 그도 그녀를 진심으로 사랑했으니까. 본인의 그런 부분이 누구도 아닌 여자친구를 힘들게 한다는 게 마음 아프기도 했으니까. 그는 단점을 꼭 고치겠다고 그녀 앞에서 맹세했다.

그러나 그 둘은 같은 문제로 또 부딪혔다. 또 티격태격하다가, 이제 연애의 종지부를 찍어야 할 순간이 왔다. 최전방에 있는 그들은 지금, 구호선을 찾고 있다. 여기 즈음에서 <논어>의 한 문장이 요긴하게 쓰일 듯하다.

-

공자께서 말씀하셨다. "길에서 듣고서는 그것을 그대로 길에서 말하는 것은 덕을 버리는 것이다."

-

고치겠다고 하지만, 무엇을 고칠지 '제대로' 모르는 이들이 많다. 그냥 본인의 남자친구, 여자친구가 소중하니까 '알겠다, 고치겠다'라고 하면서 그 순간만 지나가려고만 하면서 말이다. 그렇게 하면 몇 번의 위기는 벗어날 수야 있다. 그러나 무엇이 잘못인지 파악하지 못한 상태에선 또 부딪히고 만다. 공자의 이 말은, 길에서 들었다면 생각하고 말하라는 것이렷다. 생각도 하지 않고 '알겠다.', '이해한다고.' 말하면 안 된다는 것이다. 지금 누군가와 부딪히고 있다면, 이 문장을 되새겨볼 만하다.

누군가는 말했다. 말하기 힘들다고. 불편한 부분을 꺼내는 것조차 힘들다고. 물론 힘들다. 사이가 틀어질까 힘들든, 본래 말하기를 꺼리는 성격이라 힘들든, 힘들기는 매한가지다. 그런데 그렇다고 해서 얘기도 안 하고 살아갈 수는 없는 노릇 아닌가. 그 문제로 계속 부딪힐 것인가. 또 눈물 흘릴 것인가. 괴로워 잠도 제대로 못 잘 것인가. 시도 때도 없이 솟아나는 불안감에 기겁하기를 바라는가.

나는 그래서, '불만일기' 쓰는 것을 좋아한다. 서로 사귀기 시작하면 불만일기를 쓰는 것이다. 매주 주말에 돌려보며, 지난 한 주간 어떤 부분에서 불편했고, 어떤 부분에서 힘들었는지 이야기 나누는 것이다. 그리고 고쳐나가는 것이다. 말하기 어려운 이것도 좋은 방법이라고 본다. 굳이 말해야 하는가? 서로 소통의 창구가 있으면 되지 않을까? 마음을 터놓을 수 있는. 그런 대화의 장 말이다.

누군가는 또 말했다. 사람은 바뀌지 않는다고. 아무리 말해도 고치지 못한다고. 나는 솔직히 그 말은 틀렸다고 본다. 충분히 개선하고 성장할 수 있다고 본다.

미국 지폐 중에 100달러 지폐에 그려져 있는 인물이 있다. 프랭클린이다. 그는 외교가이자 정치가, 저술가로 알려져 있다. 미국에서는 훌륭한 사람으로 기억된다고 한다. 그의 자서전을 보면, 그는 매주 안 좋은 부분을 고쳐나갔다는 이야기가 있다. 단점을 쓰고 잘 지켰는지 매주 점검하면서 하나둘 고쳐나갔다고 말이다.

사람은 충분히 바뀔 수 있다. 솔직히 사람은 바뀌지 않는다는 믿음을 갖고 있으면 삶이 힘들지 않을까 싶다. 지금 사랑하는 사람이 앞으로도 이렇게 힘들게 할 거란 생각이 들면 얼마나 힘든가. 이는 마치 자유의지가 없다는 말과 같지 않을까.

공자는, "잘못이 있어도 고치지 않는 것. 이것이 바로 잘못이다."라는 말도 했다. 잘못이 있으면 고쳐야 한다. 고치지 않는 게 참으로 '잘못'된 것이니까. 아…. 그런데도 많은 커플이 같은 잘못으로 다투고 또 다툰다. 그리고 틀어져서는 결국 사랑의 종지부를 찍고 만다.

사랑도 노력이 필요한 감정이라고 본다. 노력함으로써 더 나아진다.

<왜 모여서 여자친구 행복하게 해줄 계획은 세우지 않지?>

*여기에 담은 이야기는 분명 허구다. 허구를 각색해 담았다. 절대로, 현실에서 찾지 말라. 몇월 며칠에 이러한 기사가 있었는지 찾지 말고, 본인의 대학교에 이런 사람이 있었는지도 찾지 말라.

숨긴다고 숨겨지는 것이 아니니, 진실은 언젠가 수면 위로 올라와 비명을 터뜨리리다.

<사건1>

한 학교. 남학생이 몇이 교무실로 불려갔다. 들어보니 모여서 한 여학생 욕을 했단다. 교무실에서 선생님들께 호되게 혼나는 학생들. 부모님까지 모셔와 다시는 그러지 않겠다고 무릎 꿇고 빌고 빈다.

<사건2>

인터넷은 분란의 모가지다. 분란거리는 모조리 여기서 터져 나온다고 해도, 과언이 아니다. 한 교육대학교 카카오톡 단체톡방. 누군가 이 방을 고발했다. 단체톡방에서 불순한 냄새가 흘러나왔고, 그로 인해

피해자들은 심각한 피해를 보았다고. 그 학생들이 모여 무엇을 했는지 찾을 수는 없었다. 다만, 그들이 아주 비열했다는 건 부정할 수 없었다. 학생들의 외모를 품평하고, 급을 매기고, 끔찍한 언어로 동기 학생들을 희롱했다고. 저급한 이야기가 그 톡방 안에서 남발됐다고 전해진다. 이 사실이 밝혀지자 주모자들은 교내는 물론이고 사회 곳곳의 손가락질을 받았다.

<사건3>

한 명문대학교 카카오톡 단체톡방. 이 방 안에서도 비밀스러운 행태가 숨어있었다고 한다. 이들은 사회의 등불같은 존재가 될 사람들이었으니, 세간의 실망과 조소를 모조리 다 삼키고도 남았다. 그 방 안에서 일어났던 이야기는, 동기 학생들의 입가에 절망을 내걸게 했으니 그게 가장 큰 문제였다. 지금까지도 모두 다 공개되지 못했으니, 이 단체톡방 안에는 대체 얼마나 많은 눈물과 고통과 실망이 숨어있는지, 아무도 모른다.

<사건4>

한 그룹채팅방. 여기는 한 회사가 만든 그룹채팅방이다. 그 회사 사람들은 취향이 맞는 사람들끼리 따

로 채팅방을 만들어, 심심풀이 이야기를 했다고. 대개 이야기란 어디에서 나오는가. 험담이 수다를 떠는 데에는 가장 좋은 안주라고 하지 않던가. 누군가를 험담하는 이야기가 폭죽에 불을 붙이듯, 쉴 새 없이 이어져 나왔다. 험담은 선을 넘어 희롱으로까지 넘어갔는데. 보이는 것이 '이성'이니 어쩔 수 없었다 봐도 되지만, 함께 일하는 사람들의 '인권'을 무시하면서까지 그런 잡담을 해야 하는지 모를 일이다. 그들의 이야기는 결국 들통이 나, 사회의 처단을 받았다. 그러나 아무도 모른다고 한다. 지금도 얼마나 많은 단체 톡방이 '무엇인가'를 모의하고 있는지.

<사건5>
<사건6>
<사건7>
<사건8>
<사건….>

너무나 많은 눈물이 뚝-뚝 떨어지고 있다. 마침 <논어>에서 이를 지적한 문장을 찾았다.

-

공자께서 말씀하셨다. "여럿이 모여 종일 지내면서도, 의로운 일에 관해서는 이야기하지 않고 작은 꾀나 짜

내기를 좋아한다면, 곤란한 문제로다!"

-

많은 이들이 단체톡방을 만들어 불건전한 일을 꾀한다. 그 '공간'은 만인의 눈을 속이려는 듯이 은밀하게 숨겨져 있다. 이 '공간'을 모조리 폭파하고 싶어도, 어림이 없다. 다이너마이트로도 안 된다. 다이너마이트를 수천 개, 수만 개, 수십만 개 가지고 있어도 이 방을 전부 다 폭파키기는 어려웠다. 시도 때도 없이 불어나는 이 은밀한 방들을.

왜일까. 사람들은 '이성'을 가지고 있는데, 왜 그 인간만의 '장점'을 좋은 데에 쓰지 않는 것일까. 왜. 누군가를 놀리고, 희롱하는 데에 본인의 머리를 쓰는 것일까. 소모적이게.

여러 명이 모여 작당을 하면 오히려 빠져나가기 어려워진다. 여러 사람이 그렇게 하면 덩달아 해야 할 것 같고. 또 하다보면 자연스레 정당화되니.

온라인이 보편화 되면서 이러한 문제로 몸살을 겪는 사람이 늘어나고 있다. 아는 사람들끼리 모여 누군가를 품평한다든지. 누군가의 인권을 무시한다든지. 조롱거리로 삼아 놀린다든지.

궁금했다. 왜. 다른 고민은 하지 않는 걸까. 여자친구를 어떻게 하면 행복하게 해줄 수 있을지. 어떻게 하면 좋은 남자가 될 수 있는지. 오늘 저녁엔 여자친구에게 어떤 기쁨을 줄 수 있을지. 여자에겐 어떤 요리가 좋은지. 모여서 고민하면 얼마나 좋을까. 안타깝게도, 카카오톡 오픈 채팅방이나 포털사이트의 카페나 블로그에서 이런 고민을 나누는 사람을 찾기는 어려웠다.

그런 고민을 함께 나눈다면, 행복 에너지가 더 많이 나올 텐데. 사랑하는 사람을 더 생각하게 되고. 더 아끼게 되고. 그렇게 선한 기운이 생겨날 텐데. 선한 기운이 퍼지고 퍼지면, 사회는 지금보다 더 행복해질 수 있을 텐데.

<내가 하기 싫은 일은 남에게도 시키지 말라!>

어떤 이야기를 보았다.

"아내가 집안일을 전혀 안 합니다. 그렇게 시켜도 안 해요. 좀 하라고 해도. 도대체가 안 하려고만 하네요. 너무 힘듭니다. 그렇게 시켜도 안 하니, 집에 오면 설거짓거리가 잔뜩 쌓여 있습니다. 빨래는 또 며칠이나 안 했는지, 출근하려고 보니까 신을 양말조차 없더라고요."

그는 처음에는 그래도 부드럽게 말했다고 한다. 집안일을 해놓으면 좋겠다고. 아내도 일하고 있지만 그래도 가사노동은 아내가 더 잘하는 듯하니, 좀 부탁한다고 했단다. 하지만 그런다고 아내가 집안일을 좋다고 하지는 않았다고 한다. 그러한 부탁이 다툼이 되고 고통으로 번졌다고 한다.

그는 그렇게 아내에게만 집안일을 시키다가 이제는 힘이 들어서 포기하려 한다고 했다. '그냥 그런 여자겠지!', 하고 넘어가려는 게 아니었다. '이렇게는 못 산다.'라면서 아내와 갈라서겠다는 것이었다.

그들을 보면서 <논어>의 한 구절이 떠올랐다.

-

자공이 말하였다. “저는 남이 저에게 시키기를 바라지 않는 일을, 저 또한 남에게 시키지 않으려 합니다.”

-

자공의 말이 그들 문제에 딱 들어맞았다. 그가 아내에게 집안일을 시키듯, 아내가 그에게 집안일을 시켰다면 어떠했을까. 아내가 "얼른 청소 좀 하시죠. 빨래도 좀 하고. 집 안 청소도 하고. 재활용 쓰레기는 좀 일찍 버리고 오시고요." 그랬다면, 그는 어떤 기분이었을까. 당연히 힘들 것이다. 너무나도. 그가 이러한 부분. 역지사지를 위한 노력. 이 정도만 할 수 있었다면 좋았을 텐데. 진작 자공의 말을 듣고 본인의 행동을 되돌아볼 수만 있었다면 좋았을 텐데.

남이 나에게 시켰을 때 싫은 일이면, 나도 남에게 시키지 말아야 한다. 이는 어떤 사람에게나 해당이 되는 말이렷다. 그런데 왜 사랑하는 사람에게는, 아끼는 사람에게는 이 말이 통용되지 않는 걸까. 사랑하니까. 좀 도와주고. 사랑하니까 그렇게 해야 하고. 한 여자는 인터넷에 이에 대한 고민을 올렸다.

"남자친구가 치마를 입고 오지 말래요. 막 간섭을 해요. 그렇게 하면 안 좋다면서"

자공의 말을 여기에도 적용해봤다. 옆 사람이 나보고 "그런 옷 입지 말아"라고 한다면 어떨까. 물론, 챙겨주는 그 마음 이해할 수는 있다. 분명 챙겨줘야 한다. 요즘 세상도 험하고, 지나가는 사람들의 눈길도 신경이 쓰일 테니, 물론 그래야 마땅하다. 그런데도 그 상대편 처지를 생각해보라는 것이다. '나는 이렇게 입고, 움직여야지' 했는데, 옆에서 "이렇게 해야 해"하고 강제한다면 어떨까. 사랑한다는 미명 아래에 그리 말한다면, 억압으로 느끼지 않을까?

어떤 사람은 '사랑'을 모든 자유를 포섭하는 행위로 본다. '사랑'하니까. 그러니까, 너는 그렇게 해줘야 한다. 그러니까, 너는 그 정도는 양보해야 한다. 네가 나를 사랑하는데, 그 정도도 못 해주니. 그 정도도 못 참아주니. 이렇게 모든 자유는 '사랑'에 갇히고 만다. 사랑이라는 이름 아래에서는 응당 그래도 되고, 그래야 한다고 강요하고 허용한다.

한 여인이 말했다. "사랑하고 싶지 않아요. 연애하면 할수록 제가 더 괴로우니까요. 어느새 갑과 을의 사이가 돼서, 상대방에게 제가 맞춰지는 것 같았거든요. 그게 너무 싫었어요."

사랑엔 공감이 필요하다. 역지사지가 필요하다. 사랑하니까. 사랑할수록, 더욱 상대의 입장에 서 보아야 한다. 사랑은 본인을 위한 게 아니니까. 너와 나. '우리'를 위한 거니까.